やたらと察しのいい俺は、
毒舌クーデレ美少女の
小さなデレも見逃さずに
ぐいぐいいく6
ふか田さめたろう
FUKADA SAMETARO
ILLUST. ふーみ
JN131285

★白金小雪
えっ、これくらい普通でしょ？
だってほら、みんなもしてるし

「きゃっ!?」
思わず強く押し返してしまう。
軽い体はあっさりと向こうに倒れ込み、
それに引っ張られる形で
直哉もバランスを崩した。

パパが朝会社に行くとき、
ママは必ず『いってらっしゃい』の
チューをします。毎朝です。
朝ごはんを食べていると、特等席で丸見えです。

CONTENTS

やたらと察しのいい俺は、毒舌クーデレ美少女の小さなデレも見逃さずにぐいぐいいく 6

ふか田さめたろう

GA文庫

カバー・口絵　本文イラスト

ふーみ

一章　優等生と狂犬

小雪と出会ってから、気付けば季節がぐるっと一周した。

またも桜の花が舞い散る季節だ。新しい生活を前にして、誰もが期待と少しの不安を抱く。

もちろん直哉らの通う大月学園にも新たな風が吹いていた。

高等部、新三年一組の教室にて。

「ど、どうしてなの……？」

小雪はガタガタと震えていた。

顔色は青く、唇からこぼれ出る吐息はひどく掠れている。朝はばっちりセットされていた髪の毛も乱れに乱れていて、机に摑まって立つのがやっとのようだ。

見目麗しい美少女であるがゆえ、より一層の悲愴感が漂っていた。

小雪は新しい机に拳を打ち付けて、あらん限りの声で叫ぶ。

「どうして直哉くんが一緒のクラスなのよ⁉」

「そこは喜ぶところだろ。なんで嘆くんだよ」

直哉はひとまずのツッコミを入れておいた。

二年のときは違うクラスだったのだが、今年はこの通り同じクラスとなった。

おまけに名字が笹原と白金なので、席もたいへん近い。僥倖だ。

そういうわけで直哉はほくほく顔なのだが、小雪はなおも打ちひしがれている。世界が滅んだとしてもここまで絶望しないだろうというような、ひどい落ち込みぶりだ。

さすがの直哉も眉を寄せざるをえなかった。

「俺と一緒のクラスじゃ不服なのかよ。愛しの彼氏だぞ」

「そういうところが嫌なんだけど⁉」

半泣きの抗議が飛んできたところで、教室に新しい生徒が入ってくる。

女子生徒三人組だ。中には直哉の知る顔もあった。

彼女らは小雪を見るなり目を丸くして、満面の笑顔を浮かべて近づいてくる。

「あ、白金さんだ。また同じクラスだねー、しかも旦那と一緒じゃん」

「このまえ婚約したんだってね？　おめでとー」

「同じクラスになったよしみで今度感想聞かせてよね」

彼女らはそれぞれ小雪の肩をぽんっと叩いて去っていった。

かつて《猛毒の白雪姫》と呼ばれ敬遠されていた頃からは考えられない親しまれようだ。

さぞかし小雪も喜んでいることだろうと思いきや――。

「うぐうううう……っっ！」

小雪は机に突っ伏して奇声を上げていた。

しばしそうして耐えたかと思えば、がばっと顔を上げて直哉に摑みかかってくる。

言い訳のしようもないほどに顔は真っ赤で目は完全に潤んでいた。

「あなたの企んだ、あのバカげた結婚式！　あれがいつの間にか学校中のみんなにバレちゃってるのよ⁉　そんな中で同じクラスになるとか、どう考えても晒し者でしょうが！」

「人の口に戸は立てられぬって本当なんだなあ」

昨年のクリスマス。

小雪の誕生日でもあるその日に、直哉はプロポーズがてらの結婚式を挙げた。

それ自体は身内だけを招待した小さなイベントだったのだが、三学期の間に噂がじわりじわりと広まって、今では学内中が知ることとなっていた。

おかげでふたりには前よりいっそう微笑ましい目が向けられている。

「ほんっとにもう……」

小雪は盛大なため息を吐いて、自分の席にどさっと腰を下ろす。

そうして直哉に恨みがましい目を向けてくるのだ。

「先が思いやられるわ。大学受験を控えた大事な時期だっていうのに、直哉くんに悩まされることが確定しているなんて」

「小雪の学力ならどこでも余裕だろ」

「あなたという不穏分子がいなければ順当に受かるわよ！」

散々な言われようである。

小雪はがっくりと肩を落として、またため息。

「っていうか、直哉くんが裏で手を回したんじゃないでしょうね……じゃなきゃ、こんなこと普通起きないわ」

「俺は何もしてないっての。さすがにそこまで暗躍しちゃマジの魔王だろ」

「本当かしら……」

小雪はなおも疑いの眼差し（まなざ）しを向けたままだ。

事実、直哉はこれに関して無実である。

小雪と同じクラスになりたいのはやまやまだったが、裏工作はズルなのでさすがに自重した。

それでどうしてこんなクラス分けになったのか。

理由ははっきりしている。

『白金と同じクラスなら、笹原も大人しくしてるんじゃないですかね……？』

『他に手もありませんし……ひとまず今年はそれで乗り切りましょう』

『異議なし』

そんな職員会議が開かれていたことを、直哉はうっすらと察していた。

（俺は危険物か何かなのか？）

学校内外に広まりつつある悪名を、そろそろどうにかすべきかもしれない。

ずーんと落ち込む小雪をよそにそんなことを考えていると――。

「おっはよー、小雪ちゃん！」

「きゃわっ⁉」

明るい声に突撃されて、小雪はがばっと顔を上げる。

犯人は恵美佳である。背後から小雪に抱き付いて、うっとりと頬ずりする。

「今年も同じクラスだなんて最高にラッキーだよ！　最後の学園生活をエンジョイしようね、小雪ちゃん！」

「え、恵美ちゃん……」

「おっと、私を忘れてもらっちゃ困るよね」

「結衣ちゃんまで……！」

その後ろから現れるのは結衣だった。

ふたりを見て小雪はしばしぽかんとしていたが、やがてわっと感涙にむせぶ。

「持つべきものは親友ね……！　あなたたちだけが私の心の拠り所よ！」

「えっ、何。急にどうしたの」

「また直哉にいじめられたんじゃない？」

「ひどい言われようだな」

結衣から白い目を向けられて、直哉はぼやくしかない。

そんな傍(かたわ)らでは巽(たつみ)とアーサーが顔を見合わせている。

「ここまで集まるか、普通」

「いつものメンツばっかりだな……」

お馴染(なじ)みのメンバーが奇(く)しくもこの三年一組にそろい踏みしていた。

それに気付き、小雪がますます直哉に渋い顔を向ける。

「やっぱり直哉くんが裏で手を回したんじゃないの？」

「だから違うっての」

直哉は即座に否定しておく。他の面々からも『やっぱりやったのか……』という確信めいた目が向けられていたが、面倒なのでスルーあるのみだ。

「ここまで知り合いばっかりなら小雪も一年気が楽だろ」

「それはそうだけど……むう」

小雪は難しい顔で唸(うな)ってみせる。

人見知りを少しずつ克服しつつあるものの、知らない人たちの中に飛び込んでいくのはまだ気が引ける。

そんな小雪なので、友人たちに囲まれた新学年はさぞかし自然体で楽しめることだろう。

小雪もそれを自覚しているらしい。しばしうんうん悩んでいたが、やがて諦(あきら)めたようなため息をこぼす。

「まあいいわ。こうなったら仕方ないし、直哉くんの暗躍には目をつむってあげる」

「ありがとう。でも、本当に俺は無実だからな？」

「はいはい。そういうことにしといてあげるわ」

小雪は手をパタパタ振るのみだ。まともに取り合う気がないらしい。

巽たちも顔を見合わせてひそひそする。

「逆にやってない方が不自然だろ……」

「ねえ……さすがは魔王だよね」

「そういえば、クレアがサクヤくんとまた同じクラスになれたと喜んでいたよ。ありがとう、ナオヤ！　きみのおかげなんだな！」

「だから俺は無実なんだけど……いやもう、それでいいわ。大魔王でーす」

直哉は肩を落とすしかない。否定しても無駄らしく、日頃の行いを見つめ直す機会となった。

みなが神妙な面持ちの中、恵美佳だけは満面の笑みのままだ。小雪に抱き付いて頬ずりしたまま、うっとりと言う。

「それじゃ笹原くんには感謝しないとね。今年も推しを全力で愛でられるんだから！」

「推しって何。私のこと……？」

テンションが上がる一方の幼馴染みに、小雪は首を回してジト目を向ける。

「恵美ちゃんも受験予定でしょ。そんな呑気にしてていいの？」

「もちろん勉強には手を抜かないよ。その分愛が重くなるかもしれないけどね☆」

「今以上に……!?　そ、それは勘弁してほしいんだけど……」

　小雪は目を泳がせるばかりだ。

　長年互いに誤解があった恵美佳と和解したのが半年と少し前。

　そんな紆余曲折を経て結ばれた絆は相当強いはずなのに、どこか及び腰だ。

　仲睦まじいふたりにのほほんとしつつ、直哉は恵美佳に声を掛ける。

「そういえば委員長さん、この前の式ではありがとう。頼んでたアルバムが届いたんだけど、すっごくよく撮れてたよ」

「お安いご用だよ！　あのためにカメラも新調したし、講習にも通ったりしたからね！」

「そういうところなのよね……」

　あの結婚式で、恵美佳は朔夜ともどもプロカメラマンよろしく撮影係を務めてくれた。

　どの写真もアングルや光度が完璧で、いい思い出が残ることとなった。

　そういうわけで直哉は恩義を感じるのだが、小雪は苦しげに眉間を押さえる。

「泣いても笑っても、これが最後の高校生活なのよ？　恵美ちゃんは、もっと私以外にも目を向けた方がいいと思うの」

「小雪ちゃん以外に大事なものなんて考えられないけどなあ。でも、具体的にどんな？」

「むむ、そうねえ……」

小雪はしばし真剣に考え込む。

青春を棒に振ろうとしている幼馴染み（小雪視点）をどうにか軌道修正したいらしい。

やがて小雪はぽんっと手を叩いて意気揚々と言う。

「そうだ！　彼氏を作るなんてどうかしら！」

「へ？」

それに恵美佳はきょとんと目を丸くした。

完全に青天の霹靂と言わんばかりの反応である。

小雪から体を離し、苦笑しながら手をぱたぱたと振る。

「やだなあ、そんな人いないよー。こーんな地味な格好してるんだからモテるわけないじゃん」

「ええ……でもそれ擬態でしょ。恵美ちゃんくらいマメなら絶対人気があると思うのに」

「ないない。小雪ちゃんも見る目がないんだから」

疑いの目を向ける小雪に、恵美佳はあくまで否定のポーズを崩さない。

そこに――。

「小雪ちゃん、小雪ちゃん」

「うん？　なあに、結衣ちゃん」

結衣がそっと話に割って入った。

ニヤニヤと笑いつつ、意味深に言うことには――。

「委員長ったら文化祭で大活躍だったじゃん？　みんなの仮装を手配したり、執事コスで人を集めたり」

「それがどうしたの？」

「そのあと一番すごかったときの、委員長の靴箱がこれね？」

結衣が差し出したスマホを覗き込み、小雪は顔を引きつらせる。

「うわっ、何この手紙の山……」

「ちょっ⁉　結衣ってば撮ってたの⁉」

恵美佳は大慌てでスマホを没収した。

没収される寸前ちらっと見えたのは、靴箱を埋め尽くさんばかりの便せんの山だ。

だいたいどれほどモテるか知っていた直哉でも、いざ実例を提示されると感慨深いものがある。あごを撫でてしみじみ唸るほどだ。

「いやあ、ラブコメ主人公って実際にいるんだなあ」

「まさかあれ全部ラブレターで、恵美ちゃんあれ全部フったの……⁉」

「ファンレターとかも含まれてたから全部じゃないし！」

恵美佳は顔を真っ赤にして、両腕でバッテンを作る。

それもまた事実だが……直哉はそっと補足しておく。

「ま、ラブレターの比率はざっと八割ってところだな」

「普通にしててもモテるんだよ、このひと。外だとギャル風だし、そのギャップにやられる人も多いみたいだね」

「す、すごい……」

結衣も付け足したせいで、小雪はごくりと喉を鳴らす。

そうしてまっすぐな目を恵美佳に向けるのだ。

「やっぱりモテるんじゃないの。いい人とかいなかったわけ？」

「だ、だって男の子と付き合うとかよく分かんないし……友達とかならまだいいけどさ」

恵美佳は顔を赤らめたまま、ごにょごにょと言葉を濁す。

いつも小雪に押せ押せの彼女にしては珍しくたじたじだ。

それでもなんとか反撃しようとまくし立てるのだが――。

「小雪ちゃんだって、一年のころから告白されたりしてたじゃん！　私なんか目じゃないはずでしょ！」

「それはそうだけど……さすがの私でも、あそこまでの数を捌いたことはないわよ」

「そ、そんなあ……」

小雪はそれをさらっと否定した。

傍らで直哉はしみじみとうなずく。

（まあ、まっとうにモテるのは委員長さんの方だよな。順当に考えて）

美少女は美少女でも片や《猛毒の白雪姫》と恐れられた危険人物。

片や誰にでも分け隔てなく優しい、クラスのまとめ役優等生。

後者の方が、派手さはなくともモテるのは分かりきったことだった。

全員から生温かい目を向けられて、ますます恵美佳はおろおろするばかり。

「うっ、うぐぐ……とにかく私の話はいいでしょ！　この話はここまでです！」

最終的に、手をぱんっと叩いて無理やり話を終わらせようとする。

その剣幕には有無を言わせぬ力があった。

しかし、小雪には効かなかった。

「そうはいかないわ」

「へっ？　こ、小雪ちゃん。なんでそんな怖い顔なの」

小雪はがたっと席を立って、恵美佳の手をがしっと摑む。

そうしてまっすぐかつキラキラした目で宣言するのだ。

「恵美ちゃんには早く身を固めて落ち着いてほしいの。だから……恵美ちゃんが素敵なひとを見つけられるよう、私も全力を尽くすわ！」

「大きなお世話だし、絶対面白（おもしろ）がってるよね⁉　ちょっと笹原くん！　きみのところの奥さんがひどいんだけど⁉」

「誰が奥さんよ！　これまで散々からかわれたお返しをさせなさい……！」

「おーい。あんまり教室で暴れるなよ」

逃げる恵美佳と追う小雪。

狭い教室内で突如として始まった捕物は、すぐに終わることとなる。

どんっ。

「うきゃっ⁉」

恵美佳が教室に入ってきた人影とぶつかったからだ。

「ちょっ、恵美ちゃん大丈夫……ひえっ⁉」

それを気遣った小雪だが、ぶつかった相手を見て小さく悲鳴を上げた。

「ああ……？」

相手は目付きの鋭い少年だ。

着崩した制服から覗く腕には大小様々な切り傷が刻まれている。

しかもかなり背が高い。小柄な小雪からすれば、見上げんばかりの相手だろう。

ぷるぷる怯える小雪と額を押さえた恵美佳を見て、少年は眉を寄せてみせる。

「……鈴原か。朝から何をやってるんだ」

「いったた……ごめんねー、伏虎くん。ぶつかっちゃった」

小雪に反し、恵美佳はどこまでも自然体だ。

軽く頭を下げてから、少年にからっとした笑顔を向ける。

「一年のとき以来の同じクラスだね、よろしく！」

「……おう」

そんな恵美佳にぶっきら棒に返し、少年は鞄を片手に自分の席へと向かっていった。

そこで小雪がこそこそと戻ってきて、直哉にひそひそと耳打ちする。

「ふ、不良のひとだわ……！」

「不良かなあ？」

直哉は小首をかしげるばかりだ。

同じクラスになるのは初めてだが、彼のことは直哉も当然知っている。

名前は伏虎竜一。実はそれなりの有名人だ。

「っ……ちっ」

のほほんと見つめていると、直哉の視線に気付いたのか竜一はこちらをちらっと見やる。

しかしすぐに顔を背けて大きく舌打ちしてみせた。

巽は呆れたように声を上げる。

「なんだ、伏虎も一緒なのか。マジでこのクラス、知ってる顔ばっかりだな」

「あー、彼なんか聞いたことあるかも。いっつも生傷が絶えないとか、遅刻ばっかりしてるとか。この学校の番長なんだっけ？」

「あれがバンチョーなのか……！　ニンジャやサムライ同様、実在したんだな！」

アーサーは興味津々とばかりに目を輝かせる。

日本に来て半年ほど経つが、知識がマンガに偏っているのは相変わらずだ。

盛り上がる一同をよそに、小雪の顔は青ざめたままだ。あまり馴染みのない人種とエンカウントしてどうしても戸惑ってしまっているらしい。

「あわわ……あんな怖い人と同じクラスだなんて大丈夫かしら……」

「そう？　竜一くん、別に怖くないけどなあ」

恵美佳はのほほんと言うばかり。

そんな幼馴染みの肩をぽんっと叩き、小雪は諭すように言った。

「恵美ちゃん……そんなだからモテるのよ」

「『そんな』って何⁉　モテてませんけど⁉」

恵美佳が大声で絶叫して――。

「ちっ……」

密かに竜一が舌打ちしたのを、直哉はばっちり見逃さなかった。

◇

こうしてバラ色の新学期が始まった。

その日は始業式と軽いHRだけで午前中に終了。他のメンバーは部活や何やらで用事があるということで、直哉と小雪は並んで帰路についていた。

今日は散歩がてら、公園を通るルートを選んだ。

朝から続くぽかぽか陽気のせいか、公園はどこもかしこもほのぼのしている。寄り道して遊ぶ小学生や、昼食を摂るサラリーマン、そのおこぼれを狙う鳩たちなどなど。

そんな平和な光景の中で——

「むうう……」

小雪は難しい顔をしていた。

眉をきゅっと寄せて口はへの字。まとうオーラもぴりついていて、すれ違った小型犬にビクッとされる始末。

隣を歩く直哉はそれに反してニコニコと笑う。

「不機嫌そうな顔をしてても、やっぱり小雪は可愛いなあ」

「はいはい。それはよかったわね」

ほぼ表情を変えないまま、小雪は直球の惚気をばっさりと斬り捨てる。

ただし眉根のしわがほんのわずか和らいだ。内心ではちょっぴり喜んでくれているのだ。

そのため直哉はますますニコニコしてしまう。傍から見ればドMだろう。

「何だよ、昼に何を食べるか悩んでるのか？」

「そんなわけないでしょ。恵美ちゃんのことよ」

小雪は険しい顔のままで唸る。

どうやら午前中の話をまだ引きずっているらしい。

ぐっと拳を握って、メラメラと闘志の炎を燃やす。

「私は絶対に諦めないわよ。今年は恵美ちゃんに、私以上に夢中になれるものを見つけてあげるの！　じゃないと私の身が持たないから……！」

「諦めた方が早いと思うけどなあ」

「嫌よ！　このままだと、今まで以上にニヤニヤ観察されるに決まってるんだから！」

半笑いの直哉に、小雪はうがーっと噛み付いてくる。

直哉と同じクラスになった以上、恵美佳をよろこばせてしまうのは必至。

それが非常にむず痒いのだ。

(本気でやめてくれって言ったら、委員長さんもほどほどにするのに。幼馴染みを無碍にするのが嫌なんだろうなあ)

変に真面目な小雪に、直哉は生温かい目を向ける。

そんなことにも気付かず、小雪はなおも考え込んだ。

「手っ取り早いのは、彼氏を見つけてもらうことなんだけど……あれだけモテるんだし。

ちょっと直哉くん。あなた、誰か恵美ちゃんに紹介できそうな男子に心当たりない？」

「俺の交友関係は知ってるだろ。いつものメンバーか、あとは恋愛相談絡(がら)みで知り合った奴(やつ)らくらいだぞ。前者も後者も、他とフラグが立つはずないだろ」

「もしくはやっつけた不良のひとたちか……ダメそうね」

小雪は盛大なため息をこぼす。

色々なことがあって、直哉はこの近辺の不良すべての弱みを握っている。

そのため、市内の未成年補導件数はここ一年で異様に減ったらしい。

先日、父の法介(ほうすけ)を介して警察の偉い人から菓子折りが届いたくらいだ。小雪に言うとげんなりされるのが目に見えているので秘密にしているのだが。

ともかくそれでも小雪は諦めない。うんうん唸って対案をひねり出す。

「私も紹介できる知り合いなんていないしなあ。どうしましょ……うん？」

そこでふと足が止まった。

訝(いぶか)しむようにじーっと植え込みの向こうを見つめて、それからすぐにハッとする。直哉の腕をぐいっと引っ張って、小声でこそこそ言うことには――。

「な、直哉くん！　あれ！　あそこ見てちょうだい！」

「へえ、伏虎じゃん」

小雪が指し示す先に目をやって、直哉は軽い声を上げる。

植え込みの向こうには木々が立ち並び、雑草が縦横無尽に生え伸びている。そんな木陰に、今朝方小雪とぶつかった男子生徒——伏虎竜一がいた。

彼は足元の段ボールを、険しい顔でじっと見つめている。

小雪は声をひそめつつも、大慌てでぐいぐい直哉の腕を引いた。

「不良のひとだけじゃないわ！　段ボールの中！　捨て猫よ！」

「ああうん。いるな、黒いのが一匹」

直哉は鷹揚にうなずく。

段ボールの中からはガサゴソと音がした。やがて中からひょこっと顔を出すのは真っ黒な子猫だった。子猫はまんまるな目を見開いて、高い声で無邪気に鳴く。

「みー」

「……ちっ」

竜一はさらに眉をひそめ、大きく舌打ちした。

そうしてゆっくりとしゃがみこみ、子猫へそっと手を伸ばす。

それを見ていた小雪は、今にも卒倒しそうなほどに青ざめる。

「まさか、あの猫ちゃんを虐める気なんじゃないでしょうね……！」

「え、あいつが？　ないない。見てりゃ分かるって」

「そんな悠長なこと言ってる場合じゃ……っ⁉」

小雪が息を呑んだその瞬間、竜一の大きな手が子猫に届いた。彼は壊れ物に触れるように小さな額を優しく撫でて、子猫がとろんと目を細めたところで、両手でそっと抱き上げた。

小刻みに揺らしてあやしながら、苛立つように吐き捨てる。

「ったく、捨て猫か……ひでーことする奴がいたもんだな」

「みうー」

「腹減ってるだろ。もう大丈夫だからな」

「みー！」

子猫は相槌を打つようにして、ひときわ大きな声で鳴いた。

それに竜一はふっと相好を崩し――小雪がツッコミを叫んだ。

「子猫を拾うタイプの不良だわ⁉」

「あぁ……？」

竜一が目をすがめてこちらを見やる。

直哉に気付いた途端わずかに顔を曇らせるが、小さくため息をこぼす。

「なんだ、白金と笹原か」

「どーも。ごめんな、覗き見しちゃって」

「別に……見られて困るもんでもねーし」

竜一は顔を逸らしてぶっきら棒に言う。

それがどこからどう見ても照れ隠しだと分かったのか、小雪は警戒をわずかに解いた。

おずおずと竜一に近づいていって、不思議そうに小首をかしげてみせる。

「伏虎くんって動物が好きなの？　なんだか意外ね」

「好きっていうか、放っておけねえっつーか……白金は俺ん家を知ってるんだから、ふつう分かるだろ」

「えっ、伏虎くんのお家ってなに？」

小雪の頭の上に大きなはてなマークが浮かぶ。

そこに直哉は簡単に補足するのだ。

「ほら、ここからふたつ向こうの通りにタイガー動物病院ってあるだろ？」

「知ってますけど……？　うちのすーちゃんのかかりつけだし」

小雪はなおも首をひねる。

白金家の飼い猫、すなぎも。彼女の予防接種のため、直哉も何度か付き添ったことがある。

犬や猫はもちろんのこと、爬虫類(はちゅうるい)などの珍しいペットも診てくれるということもあって、いつ行ってもバラエティ豊かな患畜たちでいっぱいだ。

小雪もお気に入りらしく、ふふんと笑う。

「あそこの院長先生がとびっきり優しいのよね。ちょっとお顔が強面(こわもて)だから、最初は怖かったけど」

「その院長先生の息子だぞ、伏虎」

「そうなの⁉」

勢いよく竜一をガン見する小雪だった。

大声を上げたせいか、子猫がもぞもぞと動く。それをゆすって宥めてから、竜一は呆れたような目を小雪に向けた。

「院内ですれ違ったこともあるのに、知らなかったのかよ」

「ご、ごめんなさい……あそこに行くと、他の患畜さんたちにしか目が行かなくて」

「小雪、この前もでっかい犬に釘付けだったもんな」

ふわふわの大型犬を食い入るように見ていたせいで、嫉妬したすなぎもがキャリーケースの中で大暴れだった。そこにちょうど竜一もいたのだが、小雪は全然気付いていなかった。

竜一はやれやれと肩をすくめるのだが――。

「ったく。よくいるんだよな、そんな飼い主……って、いった⁉」

「みー」

そこで小さく悲鳴を上げた。

どうやら子猫の爪が指に刺さったらしい。竜一は眉をひそめて子猫を睨む。

「おまえなあ……ちったあ加減しろ」

「みーみー」

「いたたっ、だからやめろっての」

竜一がどんなに諌めても、子猫は嬉しそうに鳴いて指先にじゃれつくばかり。

そんな微笑ましい光景を、小雪は目を皿にして注視した。

「ひょっとして、伏虎くんがケガだらけなのって……」

「そうそう。患畜とか、家で飼ってる動物たちにやられてるっぽい」

「喧嘩でできたんじゃないの⁉」

小雪は目を丸くする。遅刻が多いのも、動物たちの世話に追われて遅れてしまうことがままあるだけらしい。そう説明すると、竜一は渋い顔を直哉に向ける。

「なんで分かるんだよ。おまえと直接話すのは初めてだろ」

「だって、喧嘩でできた傷とは明らかに違うし。ひと目見りゃ分かるだろ」

「やっぱり噂通りなんだな、おまえ……」

竜一はじとーっとした目で直哉を睨み付ける。

そこで小雪は意外そうな声を上げるのだ。

「それじゃあ不良のひとじゃないのね。だったらどうして否定しないの？　いろいろ噂になってるのに」

「知ってるよ。でも、自分からいちいち説明するのも面倒だろ」

竜一はかぶりを振って、再度直哉に剣呑な目を向ける。

痛いほどの警戒心が伝わってくるものの、いつものことなので直哉は平然としたものだ。

「初見で見抜いたのは笹原くらいのもんだ。なんなんだ、おまえ」

「酷い言い草だな。俺みたいな人畜無害な奴も珍しいのに」

「嘘おっしゃい」

小雪が容赦なくツッコミを入れてくる。

しかし、そのまま「おや？」という顔で首をひねるのだ。

「でも、だったらなんで直哉くんを見て嫌そうな顔をしてたわけ？　あれは明らかに、弱みを握られたひとの目だったけど」

「うっ、それは、その……」

竜一はもごもごと言葉を濁す。

それに直哉が生温かい目を向けたので、またさらに鋭い眼光で睨まれた。

竜一はかぶりを振って無理やりに話を変える。抱っこした子猫をぐりぐりと撫でながら。

「俺のことはどうでもいいんだよ。それよりおまえら、猫は飼えるか」

「猫って、その子のこと？」

「ああ。うちはもう手いっぱいだから、こいつの飼い主を探してやらねーと」

「うーん……魅力的なお誘いなんだけど」

小雪は眉をきゅっと寄せて、指先で子猫をじゃらす。

無邪気に前足をばたつかせる子猫を前にしても、表情は曇ったままだ。

無類の猫好きなので、今すぐにでも連れ帰りたいところなのだろう。だが、小雪は断腸の思いとばかりに重々しく首を横に振る。

「うちはすーちゃん一匹で限界なのよ。すーちゃんったら人見知りするし、この子を一緒にしたら喧嘩になりそう」

そのまま、ちらっと直哉に期待まじりの視線を向ける。

「直哉くんのお家はどう？」

「我が家もペットの類いは全面禁止だからなあ」

「えっ、直哉くんもおじ様も、動物の扱いはお手の物なのに？」

「だからだよ。なまじ気持ちが分かっちゃうと、お別れの辛さが段違いだろ」

「ああ……それはちょっと理解できるかも」

人と動物の寿命は違う。

家族として過ごしたペットを見送らなければならない日が、いつかきっと訪れる。

『私もこの力で、いろいろ経験してきたけど……あれだけは二度とごめんだねえ』

それが父、法介の言葉だった。幼少期に飼い犬との別れを経験したらしい。

最近では直哉も動物と意思疎通が取れるようになったため、その気持ちは痛いほど分かる。

そういうわけで、動物を飼うのは笹原家では御法度なのだ。

竜一はわずかに肩を落としつつ、子猫をじゃらす。

「そうか。それならうちで里親募集のポスターでも作ってみるかね」

「私も友達に聞いてみるわ！　優しい飼い主さんを見つけてあげましょ！」

「おお、ありがとよ。手伝ってくれるなら、不良呼ばわりしたのもチャラにしてやるよ」

「うぐうっ……そ、それは本当にごめんなさい。誤解されるのって嫌なものよね……」

一度はメラメラと闘志を燃やした小雪だが、すぐにしゅんっとしてしまう。

自分もかつて《猛毒の白雪姫》として敬遠されていたので、その辺のことにはデリケートになるらしい。

竜一は竜一で、からっと笑うばかりだ。

「俺は慣れてるからいいけどな。それより協力してくれるっつーのなら精一杯働いてもらうぞ」

「もちろんよ。その子の幸せのためですもの！」

ふたりは真剣な面持ちで相談を始める。

子猫の命運を本気で案じているのが見て取れて、直哉はほのぼのするばかりだ。

そんな直哉に、小雪がまっすぐな目を向けてくる。

「直哉くんもちゃんと協力しなさいよね」

「うん。それはいいんだけどさ」

直哉は軽くうなずいてみせる。関わってしまった以上、手を貸すのが筋ではある。

そこに異論はないのだが、直哉はすっと背後に人差し指を向ける。

「飼い主なら、たぶんすぐに見つかると思うぞ」

「へ？」

小雪がきょとんと目を丸くした、そのときだ。

「あれれ、珍しい組み合わせ。みんなで何してるの？」

「なっ……⁉」

明るい声が降りかかり、竜一が跳び上がらん勢いで息を呑む。

ぱっと振り返った先に立っていたのは恵美佳だ。それを見て小雪が首をかしげてみせる。

「恵美ちゃん？　クラス委員の用事があったんじゃないの」

「ぱぱっと終わらせて帰るとこ。何々、こんなところで集まっちゃって……って！」

軽い足取りで近付いてきた恵美佳だったが、竜一の抱いた子猫をひと目見るなり顔がぱあっと輝いた。勢いよく竜一に飛びついて、子猫にうっとりと釘付けになる。

「可愛い！　黒猫ちゃんだね！」

「お、おう……猫、だけど」

そんな恵美佳に竜一はしどろもどろでうなずいた。

目は完全に泳いでいたし、声も上ずって掠れている。顔は茹で蛸も呆れるほどに真っ赤だ。

直哉や小雪に対する反応とは明らかに一線を画するものだった。

しかし恵美佳はおかまいなしで竜一にぐいぐいいく。

「ほんっと可愛いねえ。この子、伏虎くんの猫？」

「い、いやその、捨て猫で……これから飼い主を探そう、かと……」

「えっ、そうなんだ？　酷いことするひともいたもんだね……」

恵美佳は口を尖らせつつも、子猫の頭を撫でる。

「よーしよし。小っちゃいのに頑張ったねえ」

「みー！」

子猫はそれに同意するように高い声を上げる。どうだ、すごいだろうと言いたげだ。

しばし恵美佳は無言で子猫を撫で続けた。

やがて覚悟を決めるように小さくうなずいて、竜一の顔をそっと見上げる。

「ねえ、この子。うちで飼っちゃダメかな？」

「……えっ？」

「うちは両親も動物好きだし。頼み込んだらいけると思うんだよね。ねえ、ダメ？」

「だ、ダメってことは、ない、けど……」

「ほんと!?　やったね、きみは今日からうちの子だー！」

「みー？」

耳まで赤くなった竜一から子猫を受け取って、恵美佳は満面の笑みを向ける。

そのままびしっと小雪に親指を立ててみせた。

「小雪ちゃんもいろいろ教えてね、猫の飼い方！　猫では大先輩だもんね」

「はあ……それは別にいいんだけど」

小雪は生返事をするだけだった。

子猫の飼い主候補が見つかったというのに、いまいちテンションを上げきれないでいる。

そんな小雪をよそに、恵美佳は子猫にデレデレだ。

「いやあ、可愛い、可愛いなあ。可愛さで言うと、小雪ちゃんといい勝負だよー」

「みうー」

子猫もそうだろうとどこか得意げに鳴く。先ほど顔を合わせたばかりだというのに、もう信頼感が生まれていた。奇跡のような出会いである。

「うーん？」

幼馴染みと子猫のやりとりに、小雪は首をひねるばかりだ。

そのすぐそばで硬直したまま立ち尽くす竜一をそっと指さして、直哉にこそこそと耳打ちしてくる。

「ねえねえ、直哉くん。もしかして、伏虎くんって……」

「そう。委員長さんにベタ惚れなんだよ」

それに直哉はあっさりとうなずいた。どう考えても分かりやすかったため。

二章 白金恋愛応援隊

こうして黒猫の飼い主問題はあっという間に解決した。

あのあと、ひとまず一同は竜一の実家であるタイガー動物病院へ向かうことになった。

子猫の栄養状態はそれなりに悪くはあったが、大きな病気もなくて、一晩の様子見入院を経て無事に退院することができた。

その間に、恵美佳は両親に子猫のことを相談。さすがは推しを推すことをライフワークとしているだけあって、相当に熱の籠もったプレゼンを披露したらしい。

その結果、子猫はチョコと名付けられ無事に鈴原家に迎え入れられることになった。

直哉と小雪が手出ししなくても、文句なしの大団円である。

しかし彼——伏虎竜一にとっては、のっぴきならない事態となっていた。

子猫を拾って三日後の放課後。

「助けてくれ、笹原……！」

大規模ホームセンターにて、直哉は竜一に縋り付かれていた。

彼の顔には完全な死相が浮かんでいて、誰もが恐れる不良少年の見る影もない。もう完全に追い詰められている様子。

「あー、うん。そう言うと思ってたよ」

そんな彼に、直哉はのほほんと返すだけである。

この展開と反応も予想通りだったからだ。

隣の小雪も、ただただ不思議そうな顔で小首をかしげる。

「なんで伏虎くんは嫌そうなの？　これから恵美ちゃんとデートできるのに」

「でっ、デートっておまえ……！」

「猫ちゃんのための買い出しではあるけど、メンバー的にダブルデートみたいなものでしょ。違うの？」

「ぐ、ぐぐぐ……！」

小雪の無邪気な指摘によって、竜一の顔が落ちる寸前の果実くらいに真っ赤になる。

今日は黒猫の飼育に必要なものを、みなで買いに来たのだ。

『トイレとかゲージとか最低限は用意したんだけど、いいペットフードとか教えてほしいな。小雪ちゃんも伏虎くんも詳しいでしょ？』

『へ⁉　ま、まあ確かに多少の知識はあるけどよ……』

『よかった！　それじゃ放課後よろしくね！』

『お……おう』

そんな会話を、教室で繰り広げたのが数時間前。

三人から少し先では、恵美佳が特大カートを押しながら全自動ペットトイレを見つめている。

「トイレなのにシルエットがカッコいいなあ……これ、チョコに似合うかも……でもお高いしなあ……」

あごに手を当てて唸る横顔は真剣そのもの。

そういうわけで、恵美佳は買い物に夢中。三人の話には一切気付いていなかった。

竜一は何の反論もできないまま、卒倒してしまいそうなほどにぶるぶる震え続ける。

しかし、やがて大きなため息をこぼしてみせた。

苦々しげに眉をひそめつつも、彼はゆっくりとかぶりを振る。

「いや、おまえらに取り繕っても無駄か。そうだよ、俺は鈴原のことが…………」

「恵美ちゃんのことが？」

彼はそこで言葉を切って黙り込んでしまう。

ふたたび頰に赤みが差して、冷や汗がだらだらと流れ落ちる。

直哉と小雪がそっと目配せしたころになって、彼は蚊の鳴くような小声でぽつりと続けた。

「……つまりまあ、そういうわけなんだよ」

「逃げた⁉」

小雪が呆れたようなツッコミを叫び、直哉も苦笑するしかない。

「腹をくったんなら、もっとはっきり言えよな」

「うるせえ！　みんながみんな、おまえみたいに開き直れると思うなよ⁉」

竜一は真っ赤な顔で胸ぐらを摑んで揺さぶってくる。

周囲の客たちはすわ喧嘩かとざわめくものの、恫喝されている直哉がいたって穏やかな表情なので、狐につままれたような顔をして通り過ぎるだけだった。

「ちょっと！　私の直哉くんに何をするのよ！」

そんな竜一の手を小雪がぱしっと振り払った。

剣呑な眼差しでじろりと睨みを利かせ、宣戦布告を突きつける。

「伏虎くんったら、うちの直哉くんに当たりが強くないかしら。このひとは私の所有物なんだから、喧嘩を売るっていうのなら私も容赦しないわよ」

「仕方ないだろ！　これまでこいつにはやられっぱなしだったんだから！」

「どうしてよ？　一緒のクラスになったのは今年が初めてでしょ」

「……学校内でおまえらと鈴原、よく一緒にいるだろ」

竜一は額を押さえつつ、絞り出すように言う。

小雪と恵美佳は仲良しなので、当然直哉も彼女と一緒に行動することが多い。

それに小雪は肩をすくめてみせる。

「じゃあ直哉くんに嫉妬してるってこと？」

「それはない。こいつ白金以外に興味ないだろ」

竜一はきっぱりと首を横に振ってから、苦しげに頭を抱える。

「俺がおまえらを……鈴原の方をちらっとでも見るだろ？　そしたらこいつ、俺にこっそりと微笑みやがるんだよ！　毎度毎度！　嫌になるに決まってるだろ！」

『委員長さんのこと好きなんだろ？　分かってるって、おまえも俺みたいに頑張れよ』みたいに微笑みやがるんだよ！　毎度毎度！　嫌になるに決まってるだろ！」

「……それはどう考えても直哉くんが悪いわね」

神妙な顔でうなずく小雪である。

分かっていたオチだが、急にはしごを外された。

直哉はわざとらしい傷心顔を作ってぼやく。

「あーあ、ひどいなあ。小雪は俺の味方じゃないのかよ」

「彼女とはいえ、私は公正な目を持っているの。そういうのは見て見ぬふりするのが優しさってものでしょ」

「だってこいつ分かりやすいんだよ」

恵美佳のことをつい目で追ってしまったり、すれ違う度に体を強張らせたり。

たまに言葉を交わすと、ぶっきら棒な態度とは裏腹に表情がかなり和らいだり。

竜一の見た目が怖いせいで気付く者はごく少ないが、直哉からすればバレバレだ。

「俺からすると好意がダダ漏れで、見てて微笑ましくなるっていうか。早く告白すればいいのになーってずっと思ってたんだよな」

「余計なお世話なんだよ！」

「まあ、私も察するレベルだものね……」

小雪もしみじみとうなずいてみせる。

つい先日まで竜一のことを怖がっていたものの、子猫の件があって見識を改めることができた。そのせいで彼の気持ちに気付けたらしい。

また爆発しそうな竜一の顔を覗き込み、小雪は興味津々とばかりに尋ねる。

「で、恵美ちゃんのことはいつから好きなの？　どういうきっかけ？」

「うっ……そんなの言えるわけないだろ！」

「いいじゃないの、減るものでもないし」

小雪は平然と言って、直哉のことを指し示す。

「だいたい、直哉くんに隠し事なんて無駄なんだから。他人からぶちまけられるより、自分で打ち明けた方が楽じゃない？」

「秘密にするって選択肢はねえのかよ⁉　くっ……だからおまえたちとは関わりたくなかったんだ！」

竜一は鬱憤を叫んだあと、観念したのかぐったりとうなだれる。

そのままぽつぽつと語ることには――。

「きっかけっていうか……一年のころ、財布がなくなったって生徒がいたんだよ」

担任から疑われたのは竜一だった。

その日は家の仕事の手伝いで遅刻してしまい、折悪くその時間にアリバイがなかった。

不良だと噂されていたため、味方は誰もいなかった。クラスのみなが犯人だと決めつける中……そこに救いの手が差し伸べられた。

竜一は眩しそうに目を細め、先を歩く恵美佳を見つめる。

「あいつだけは……鈴原だけは、俺のことを信じてくれたんだ」

恵美佳は竜一の潔白を信じ、なくなった財布を一緒に捜してくれたという。

その結果、生徒が移動教室に置き忘れていたことが発覚。竜一にかけられた疑いは無事に晴れることになったのだ。

竜一は照れくさそうに頬をかいて小雪を一瞥する。

「それからいいな、って思い始めて……って、何か言えよ、白金。おまえが言わせたんだぞ」

「……そうね」

彼の青春エピソードを、小雪は真顔で聞いていた。

そうかと思えばあごに手を当てて重々しく口を開く。

「ありだわ」

「はあ……？」

竜一が怪訝な顔をした途端、小雪はキラキラと目を輝かせてまくし立てる。

「少女漫画だわ！　甘酸っぱいラブコメだわ！　不良少年と優等生少女の正統派恋愛ものだわ……！　こんな上質なラブコメの当事者だなんて、恵美ちゃんったら隅に置けないわね！」

「はあ……」

それに竜一は曖昧な相槌を打つだけだった。

そっと直哉に一瞥を投げる。

「女ってほんとにこういう話が好きなんだな……」

「自分含めて周りがみんな順風満帆だからな。こういう片思いパターンが珍しいんだよ」

「悪かったな」

身近なカップルは全員平和にラブラブだ。

思いを秘めたままもだもだしている同世代は見ていて萌えるらしい。

ひとしきり萌えを噛みしめたあと、小雪はぐっとサムズアップしてみせる。

「そういうことなら応援するわ！　生半可な人なら恵美ちゃんに近づけさせないところだけど、動物好きの伏虎くんなら全然ありだもの！　その気持ちを成就させてあげる！」

「放っておいてもらえた方が助かるんだが……？」

竜一はげんなりとするのだが、ふと直哉に目を留めて考え込む。

「いやでも、白金はあいつと幼馴染みなんだよな……？」

「そうよ。小学校の途中で離ればなれになっちゃったけど、付き合いは長いんだから」

小雪はどやっと胸を張る。

幼少期を共に過ごして運命的な再会を遂げた分、感じる絆は人一倍強いらしい。

それに竜一の顔が明るくなる。暗闇の中、ひと筋の光を見つけたといった表情だ。

「気心の知れた白金が協力してくれたら、鈴原と距離が縮まるかもしれないいな」

「そうでしょう、そうでしょう」

ますます得意げになる小雪である。どんっと胸を叩いて言う。

「幼馴染みかつ同性というポテンシャルを生かせば、たとえどんな奥手さんだろうとラブラブにできるわ。あと直哉くんとの恋愛相談所でくっつけたカップルは数知れずだしね！」

「ああ、最近おまえらやってるよな……」

竜一はそっと目を逸らしつつぼやく。

相談窓口に並ぼうとしつつも、結局恥ずかしくて諦める彼の姿を直哉は何度も目撃していた。

その分、その評判についてもよーく知っているらしい。

ますます目を輝かせて、期待を込めて小雪にそっと右手を差し伸べる。

「それじゃあ……ひとつ頼めるか？」

「任せなさいな。この学年一の才女が知恵を貸してあげようじゃない！」

がしっと手を取り合うふたりだった。新たな友情の始まりである。

小雪はご満悦でほくそ笑む。

「ふっふっふ……恵美ちゃんに彼氏を作れば、私への興味も薄れるし、ダブルデートなんてこともできちゃうだろうし……まさに一石二鳥だわ！」

「そう上手くいくかなあ」

得意げな小雪に、直哉は軽いツッコミを入れておく。

そのついでに竜一に目をやって提案してみるのだが――。

「ちなみに、恋愛関係のアドバイスなら俺も力になれるんだけど？」

「おまえはいい。気に食わないからな」

それに竜一はきっぱりとノーを突きつけた。これまでのアイコンタクトの積み重ねで、信頼度は最低ラインだ。隣の小雪はしみじみとうなずくばかり。

「分かる……たしかに癪に障るわよね」

「理解を示すなよ。どうなっても知らないからな？」

「あら、こんなの私にかかればスピード解決待ったなしよ」

小雪は平然と笑みを崩さない。小柄な体からは確固たる自信がオーラとして放たれていた。

それに竜一はまぶしそうに目を細めつつ、ハラハラと尋ねる。

「でも、具体的にどうする気だ？」

「ふふん、そんなの決まってるでしょ」

小雪は不敵に笑って人差し指を振る。

そうして肩で風を切るようにして恵美佳のもとまで向かっていった。

ちょうどおもちゃコーナーで子猫用の品を吟味（ぎんみ）している最中だ。猫じゃらしとボールをそれぞれ手に持ってうんうん悩む恵美佳に、小雪は明るく話しかける。

「ねえねえ、恵美ちゃん」

「あ、小雪ちゃん。小雪ちゃんはどっちのおもちゃがいいと思う？」

「個人的にはこっちの猫じゃらしがオススメよ。うちのすーちゃんも子猫時代にお気に入りだったから。それより聞きたいことがあるんだけど」

「さんきゅー。で、何？」

オススメ品をカゴに放り込み、恵美佳はきょとんと小首をかしげてみせた。

そんな彼女に小雪はあっさりと尋ねる。

「伏虎くんのことってどう思う？」

「はい？」

「バッッッ……!?」

後ろでハラハラ見守っていた竜一が、その瞬間に絶句した。

直哉は『やっぱりな』という生温かい目を向けるだけだ。

（小雪に小細工するって発想はないもんなあ。だって直球勝負しか経験してないんだし）

こういう助力は往々にして、自分の体験に基づくものになる。

直哉の場合は読心スキルで相手の求めるものが分かるのだが、小雪は自分の直感で動くだけだ。おかげでこうしたド直球な探りとなる。

唐突な質問に恵美佳は目を瞬かせるばかりだ。

それでもやがてにっこりと屈託のない笑顔を向ける。

「伏虎くん？　いい人だよね、今日も嫌な顔ひとつせずに付き合ってくれるし」

「そうよね、そうよね！」

無難な回答ではあるものの、小雪は我が意を得たりとばかりに食いついた。

真っ赤になって固まる竜一を示しつつにこやかに続ける。

「伏虎くんったらああ見えて動物好きだし、話すと面白いし……猫じゃらしだけじゃなく、彼のこともオススメよ！」

「は、はあ」

恵美佳は曖昧な笑みを浮かべるだけだ。

「どうしたの、小雪ちゃん。やけに伏虎くんのことを推すけど……何かあったの？」

「へ？　べ、別になんでもないわよ？」

「そう？　でも、他の男の子をあんまり褒めない方がいいと思うなあ」

「なんで？」

「なんでって……笹原くんが嫉妬しちゃうでしょ」

「またまた、そんなことないってば」

　小雪は片手をパタパタ振って、自信満々に言う。

「伏虎くんはいい人だけど、うちの直哉くんに比べればまだまだだもん。私がそう思ってること
とくらい直哉くんはお見通しだし、だから嫉妬なんてしないわ」

「さ、さすがは小雪ちゃんたちだねえ……信頼感が段違いだよ」

「お褒めに与り光栄だなあ」

　直哉はのほほんと笑う。

　とはいえ補足を付け加えることも忘れなかった。

「でも、俺だってちょっとはモヤッとするんだからな？　小雪だって俺が他の女の子を手放し
で絶賛したら睨むだろ。一緒だって」

「なっ……そ、そんなことしない……はずだし」

　小雪はドキッとしつつもごもごと口ごもる。自分の身に当てはめてみると『やりそう……』

となったらしい。そっと不安そうな上目遣いで見上げてくる。

「えっとその……ごめんなさいね？　モヤモヤさせちゃって」

「いいっていいって。小雪の一番は俺だって分かってるしな」

それに直哉は鷹揚にうなずくだけだ。

言葉に出さなくても分かるものの、言葉に出すのは大事だった。

そんなふたりに恵美佳はほんわかと目を細める。

「やっぱり仲良しだなあ。あ、キャットタワーも色々あるんだ。まだ小さいから早いけど……チョコはどんなのがいいかなあ」

そのまま興味は他の猫グッズに移り、カートを押して次のコーナーへ向かっていった。

その隙に、小雪は竜一へぐっと親指を立ててみせた。キラキラした笑顔は一仕事やりきった達成感に溢れている。

「ふふん、どうよ！　伏虎くん！」

「『どうよ』じゃねーんだわ……！」

竜一は頭を抱えて苦悩する。

一連のやり取りで容赦なくダメージを受けたようだが、それでもなんとか声を絞り出して渾身のツッコミを叫んだ。

「今のは一体何なんだよ⁉　俺のことをどう思っているかとか……もうちょっと聞き方ってものがあるだろうが！」

「えっ、あれくらい普通の会話じゃなくって？」

小雪は純粋に首をかしげるばかりだ。

その天然全開の反応にたじろぎつつも、竜一はしかめっ面で続ける。

「そもそも俺を踏み台にして笹原とイチャついただけだし……本当に俺を応援する気があるのか？」

「なっ、変なこと言わないでちょうだい。イチャイチャなんてしてないわよ！」

「今ので自覚がないのか⁉　嘘だろ……⁉」

完全に絶句する竜一だった。

そんな相手にもかまうことなく、小雪はぐっと拳を握って手応えを語る。

「ともかく恵美ちゃんはまあまあ好感触よ。このまま押せ押せでいけば、きっと道は開けるはず。だから大船に乗ったつもりで任せておいて！」

「転覆するのが目に見えてるんだよ！　頼むからもう何もしないでくれ……！」

引き留めようとする竜一をガン無視して、小雪は颯爽と恵美佳のもとまで向かっていった。

竜一も竜一で相手が女の子だからいまいち強く出られないらしい。

真っ赤な顔でしばし固まってから、ハッとして直哉に詰め寄ってくる。

「おいこら、笹原！　白金をどうにかしろ！」

「まあフォローはするけどさ、恋のキューピッドを依頼したのは伏虎だろ？」

直哉は肩をすくめるだけだ。

こうなったからには、もちろん大事故にならないようにそれとなく手を貸すつもりである。

ただし、小雪を止めるかどうかはまた別問題。

直哉は頬をかきつつ、はにかみながら惚気る。

「いやあ、頑張ってる小雪はいいよなあ。和むっていうか、健康にいいっていうか……ありがとう、伏虎。おかげでいいものが見られそうだよ」

「その裏で俺の尊厳が踏みにじられそうなんだが⁉」

「でも多少のリスクを取らないと、恋愛ごとなんて一歩たりとも前進しないぞ」

「うっ……ぐう」

さらっと真理を突きつければ、竜一は勢いを削がれて黙り込む。

遠くから見守っているしかなかった先日と比べ、恵美佳と少しでも距離が縮まったのはまぎれもない事実。それが当人にも理解できるのだろう。

がくっと肩を落として、小声でぼやく。

「でも、おまえらに頼ったのがそもそもの間違いだった気がする……」

「あはは、どんまい」

軽く背中を叩いて励ましたところで、小雪たちがカートを押しながら戻ってくる。

カートにはおもちゃやトイレ砂などがこんもりと積まれていて、目当てのものはほとんど確保できたらしい。

「ふたりともー。お買い物はこの辺にして、お茶でもどうかって恵美ちゃんが」

「忙しくなければだけどね。どう？」

「ど、どうって……」

にっこり笑う恵美佳に、竜一はぐっと息を詰まらせる。

直哉や小雪に対するぶっきら棒な態度とは異なり、動揺があからさまだ。好きな子からのお誘いにすっかり舞い上がっているらしい。

そんな彼に、直哉はさらっと助け船を出しておく。

「俺はお誘いに甘えようかな。伏虎は？」

「……行く」

竜一は恵美佳から目を逸らしながら、ぎこちなくうなずいた。

◇

こうして支払いを終え、四人は近くのファストフード店に入ることになった。

テーブルの周りには大きなレジ袋が積み上げられている。すべて猫用商品だ。

恵美佳はへにゃっと眉を下げ、申し訳なさそうに三人に頭を下げる。

「ごめんねえ、荷物まで持ってもらって。気付いたらすごい量になってたよ」

「気にしないでくれよ、こういうときの男手だし」

　直哉は軽く笑って、隣の竜一に話を振る。

「なあ、伏虎」

「……ああ」

　アイスコーヒーをすすりながら、彼は低い声を絞り出した。

　目線はテーブルの上で固定されているし、眉には深いしわが寄っている。彼の風貌(ふうぼう)と相まって、かなり近づきづらい空気を醸(かも)し出(だ)していた。通りかかった子供がビクッとして逃げていく。

　その原因は明らかだ。

「さっきオススメした猫用おやつだけど、うちのすーちゃんもお気に入りなの。きっとチョコちゃんも気に入ってくれるはずよ。なかなか美味(おい)しいのよね」

「そ、そっかー……なんだか食べたことがあるみたいな言い方だけど？」

「ふっ……いつか恵美ちゃんも分かるわ。ペットのおやつをつまみ食いするのは飼い主あるあるだから」

　男子と女子で分かれて座り、彼の正面に恵美佳がいる。

　それゆえどこに視線を置いていいものか分からないし、そもそも緊張で何も考えられないのだろう。テーブルの下で揃(そろ)えられた膝(ひざ)は小刻みに震えていた。

（分かりやすくいっぱいいっぱいだなぁ）

直哉がほのぼのしていると、竜一がジロリと鋭い眼光を向けてくる。

「おいこら、笹原。その微笑ましそうな目をやめろ」

「あ、ごめんごめん。俺にもこんな時期があったなあって懐かしくなって」

「絶対嘘だろ……！　おまえが緊張するとか、絶対にない！」

「いやいや、それが意外と。小雪が相手だと調子が出なかったりしてさ」

「本当かあ……？」

竜一はどこまでも懐疑的だ。

しかし言葉を交わしたことがきっかけで、ガチガチだった表情が少しばかり和らいだ。

そこで小雪がふと気になったとばかりに声を掛けてくる。

「ねえ、伏虎くんも家で動物を飼っているのよね」

「へ？　あ、ああ……いろいろとな」

「いろいろ……!?　どんな子がいるの？」

「えーっと、そうだなあ……」

竜一はもごもごしつつ、指折り数えていく。

「猫が五匹に大型犬が一匹、小型犬が三匹、ウサギとオウムとヨウムが一匹ずつ、あとそれとイグアナやハムスターなんかもいるな」

「す、すごい！　まさに天国じゃない！」

小雪はキラキラと目を輝かせる。

動物、特にもふもふした生き物に目がないため、食い付きようは凄まじかった。テーブルから身を乗り出すようにして催促する。

「お写真とかあるかしら。よかったら見せてくれない？」

「それならこのへんかな……ほらよ」

「きゃー！　やっぱりもふもふ天国だわ！　猫ちゃんも可愛いけど、おっきいワンちゃんもいいわね……！」

「わっ、ほんとだ。みんないい子そうだねえ」

竜一が差し出したスマホの画面に、小雪だけでなく恵美佳も興味津々だった。

直哉も見せてもらったが、様々な動物たちが腹を出して寝転んでいたり、元気に庭を駆け回ったりしている様子がありありと切り取られていた。

みなリラックスしていて毛並みもいいし、精一杯可愛がられていることがひと目で分かる。

そう褒められて、竜一はふっとため息をこぼす。

「天国ねえ……本当はそんなにいいものでもないんだけどな」

「そうなの？　まあ、確かにこれだけたくさんいると、お世話は大変そうだけど……」

「違う違う。世話なんて屁でもないっての」

「じゃあ何が問題なの？」

「こいつら全員、飼い主に捨てられてうちに来たやつらなんだよ」

「えええっ⁉」

小雪は悲鳴のような声を上げ、スマホの画面をまたまじまじと見つめる。先ほどまで動物たちにメロメロで蕩けんばかりだった表情が、険しいものへと変わっていった。

「こんなに可愛い子たちを捨てるなんて……いったいどういうつもりなのかしら」

「ひどい話だよねえ……」

恵美佳も顔を曇らせる。

「うちのチョコみたいな子が、まだまだ他にもこんなにたくさんいるんだね」

「世の中には無責任な飼い主が多いんだよ。大きくなったから飼いきれなくなったとか、勝手に増えたとかでな」

そうした動物たちが、実家の病院前に捨てられることがままある。

可能な限り引き取って家族で面倒を見たり、病院で飼い主募集をかけたりと手を尽くしているが、それでも救えない命はあるらしい。

そんなことを竜一は眉間のしわを深めながら語ってみせる。

それでも彼は最後に恵美佳へ頭を下げた。

「だからその……鈴原には感謝してる。チョコを引き取ってくれてありがとう」

「ううん。私にできるのはこれくらいだから」

恵美佳はかぶりを振って苦笑しつつ、頬をかく。

「それに、お礼を言われるのはまだ早いよ。私がいい飼い主になれるか分からないし。ひょっとしたら、他の家にもらわれた方がチョコも幸せになれたかもしれないよ?」

「そんなことない」

冗談めかして言う恵美佳に、竜一はきっぱりと言って首を横に振った。

「鈴原、チョコを引き取るのをすぐに決めただろ。ああやって迷わず手を差し伸べることができるおまえなら大丈夫。誰よりきっとチョコを幸せにしてくれるって、俺は信じてる」

「……ありがとう」

恵美佳はふっと目尻を下げて微笑んだ。

竜一の言葉が深く胸に刺さったらしい。しみじみと続けて言うことには——。

「伏虎くんはいい人だよねえ。いつか子供ができても、いいパパになりそう」

「パ……パパぁ!?」

思わぬ方面からの褒め言葉に、竜一は顔を真っ赤にして固まってしまう。

恵美佳にはもちろん他意がない。ただ思ったままを口にしただけだ。

そんな微笑ましいふたりに、小雪はほのぼのと目を細める。

「青春だわあ……」

「えっ、何が?」

「こっちの話よ。恵美ちゃんったらなかなかやるわね」

「ほんとに何の話？」

きょとんとするばかりの恵美佳だった。

竜一が赤面したままなのにまるで気付いていないらしい。

そこで小雪はふと、直哉のことを値踏みするような目でじーっと見つめてくる。

「直哉くんは将来どうなるかしら。いい人、ではあるんだけど……なーんか子供ができたら際限なく甘やかしちゃいそうよね」

「どうだろ。そこは小雪も同じなんじゃないか？」

「はあ？　私はちゃんと毅然（きぜん）とビシバシいくし」

「今でも身内とかすなぎもに激甘なのに無理じゃないか？」

第一子は小雪に似た女の子だろうし、両者メロメロになる気がした。修学旅行での不思議体験もあることだし。

そんな話を繰り広げたせいか、竜一も正気に戻ったらしい。

こちらを凝視（ぎょうし）して、感心したようにため息をこぼす。

「おまえらやっぱりすごいな……なんで人前でそんな堂々とイチャつけるんだよ」

「やっぱ場数の違いじゃないかな？」

「だからイチャついてないってば」

無自覚な小雪はムスッとした顔で言う。

将来の育児について真剣に語るのは、十分イチャつきの枠だった。

「でも伏虎くんの言うとおりだわ。恵美ちゃんは誰にだって優しいし、パーフェクト飼い主間違いなしよ！」

「ええー、それは買いかぶりすぎだってば」

「そうは言うけど、伏虎くんにだって分け隔てなく接するでしょ？　私なんて最初は怖くて敬遠しちゃってたのに」

小雪は竜一をちらっと見やってから、意味ありげな笑みを浮かべて恵美佳のことをつんつんつつく。

「聞いたわよー、彼が濡れ衣を着せられたときに庇ったんですってね。さすがは私の幼馴染みだわ！」

「うぐっ……その話はやめろっての」

「伏虎くんから聞いたの？　そんなこともあったねえ」

気まずそうに黙り込む竜一に反し、恵美佳はのほほんとしたものだ。

さも普通のことのようにおっとりと続ける。

「だって、よく大きな犬を散歩させてたし、同じクラスだった一年のときは率先して花瓶の水を換えてくれたりしたし。そんなひとが悪いことをするとは思えなかったんだもの」

「なっ……よ、よく見てたんだな、俺のこと」

「当然だよ。だってクラスメートじゃない」

たじろぐ竜一に、恵美佳はあっさりと断言してみせた。

小雪はほうっとため息をこぼす。

「普通のことみたいに言うけど、孤立無援のひとを庇うなんてよっぽど勇気がないと無理な話よ。やっぱり恵美ちゃんはすごいわね」

「いやあ……あはは」

恵美佳はごまかすように笑うばかりだ。どうやら自分の口では言いたくないらしい。

だから直哉はさくっと指摘する。

「小雪が原因だろうな」

「えっ、なんで私？」

「昔、委員長さんとは誤解で喧嘩別れみたいになったんだろ？」

恵美佳は、小雪の悪口を言う子に真っ向から反発するような子供だった。

しかしながらそのことが端を発し、ふたりは仲違い（なかたが）いしてしまう。

その誤解が解けたのはつい最近のことだ。

「周りから責められる伏虎を見て、委員長さんは小雪を庇ったときのことを思い出したんだよ。まだ仲直りできていなかった時期だし、小雪と伏虎を重ねて助けたくなった。そういうことだろ?」

「さすがは笹原くんだねえ……その場にいなかったのに、見てきたみたいな解説ぶりだよ」

「恵美ちゃん……!」

引き笑いを浮かべる恵美佳とは対照的に、小雪はじーんと胸を打たれたらしい。

隣の幼馴染みにがばっと抱き付いて頬ずりする。

「そこまで私のことを思っていてくれたなんて……やっぱり私の幼馴染みは世界一だわ! 誰にも渡さないいんだから!」

「う、ううう……そんなたいしたことじゃないし、恥ずかしいってば……」

「またまたあ! ぐいぐい来られると引いちゃうところも可愛いわね! よしよーし!」

「ひええ……!?」

珍しく小雪から押されて、恵美佳は目を白黒させる。

いつもぐいぐい行く方なので慣れないシチュエーションにキャパオーバー気味らしい。

そんな仲睦まじいふたりを前にして、竜一は小声でぼそっと尋ねてくる。

「なあ、笹原。誰にも渡さないとか言ってるけど……白金は本当に、俺を応援する気があるのか?」

「一応あるにはあるけど、友情優先みたいだな」

「……なんか間男にでもなった気分だよ」

竜一はがっくり項垂れるばかりだった。

こうして四人でのお茶の時間は和やかに流れていった。

それから少しして、直哉と小雪はホームセンターの前で荷物番をしていた。買い忘れたものがあると言う恵美佳と、それに付き合った竜一のことを待っているのだ。

先ほどこっそり繰り広げた会話を報告すると、小雪は意外そうに言う。

「それとこれとは話が別よ。伏虎くんのことはちゃんと応援するわ」

「ああ、やっぱり？」

「当然。彼と恵美ちゃん、相性良さそうだしね」

小雪は悪戯っぽく笑ってみせる。

お茶の間中ずっと、竜一は恵美佳にドギマギしていた。そんな彼に対して恵美佳はどこまでも自然体で、いい雰囲気といえばいい雰囲気だった。

しかし小雪は残念そうにため息をこぼすのだ。

「ただねえ……伏虎くんが骨抜きなのは分かるんだけど、恵美ちゃんはそれなりかも。今のところ彼に対する印象がふつうのクラスメート止まりなのよね」

「おっ、小雪もなかなか鋭くなってきたじゃん」

「ふふん、当然でしょ。これでも場数を踏んでるし」

小雪は胸を張り、メラメラと闘志を燃やす。

「彼ってば見た目に反して案外奥手のようだから、これは私たちがひと肌もふた肌も脱がないとダメなようね！　さっそく明日からの作戦を練るわよ、直哉くん！」

「あはは、小雪はやる気だなあ」

幼馴染みに降って湧(わ)いた恋バナにテンションが急上昇中らしい。

そんな彼女を微笑ましく見守りつつ、直哉は軽くかぶりを振る。

「でも作戦会議なんてしても無駄だと思うぞ」

「むう、たしかにあれを進展させるのは骨が折れると思うけど……」

「違うって。だってほら、あれ」

「はい？　何よ」

直哉が指をさしたのはホームセンターの出入り口だ。

「なんだその態度は！」

激高したような男の声が響き渡った。

他の客たちも思わず足を止めて、ハラハラとそちらを見ている。

全員の視線の先にいるのはスーツを着た中年の男と、竜一と恵美佳だ。男は顔を真っ赤にして口汚くふたりを罵(ののし)っている。内容は「ガキのくせに生意気な」だの「親の顔が見てみたい」といった侮辱のオンパレードだ。

それを竜一は恵美佳を背に庇い、じっと聞いている。

やがて罵声も尽きたのか男が肩で息をしたのを見計らい、竜一は静かに口を開いた。

「言いたいことはそれだけか？」

「な、なんだと……」

「いいか、こいつがあんたにぶつかったのは確かだ。だが、それはちゃんと詫びたし、スーツだって汚さなかったはずだろ。なのにクリーニング代をよこせだと？　ふざけたことをぬかしてんじゃねえぞ」

竜一は静かに、それでも確かな怒気の籠もった声で淡々と言う。

ただでさえ鋭い目をすがめてジロリと睨めば、相手の男はたじろいで一歩後ずさる。

そこで竜一はずんずんと距離を詰めた。ゼロ距離で凄み、低い声で告げる。

「鈴原に指一本でも触れてみろ。ただじゃおかねえぞ」

「くっ……」

男はうろたえ、周囲を見回す。そこで注目の的になっていることに気付いたらしい。

それでも虚勢を張って、竜一に人差し指を突きつける。

「お、おまえら大月の生徒だろ！　このことは学校に連絡してやるから、覚悟しろ！」

「好きにしろよ。女を守って謹慎食らうなら安いもんだ」

竜一は平然とするばかりで、男は顔を歪めて去っていった。

周囲の客たちは感嘆の声を漏らし、男の背中に冷ややかな目を向けるばかり。勝敗は明らかだった。

　そんな典型的な光景を一通り見守ってから、直哉はこう結論付ける。

「伏虎、やるときはやる男だからさ。放っておいてもじわじわ進むタイプのラブコメなんだよな」

「ほ、ほんとにラブコメだわ……」

　小雪は呆気にとられたように吐息をこぼしてみせた。

　そうこうするうちにふたりが戻ってきたので、直哉は竜一の肩をぽんっと叩いて出迎える。

「おつかれ、伏虎。よくやったな」

「ちっ……あれくらい何でもねーよ。つーかスマホいじって何やってんだ、おまえは」

「あのおっさんの会社に匿名で通報してるだけだよ。おたくの社員が営業サボって高校生に絡んでました、って現場写真付きで。だから伏虎のことを学校に連絡する余裕はないんじゃないかなあ」

「なんであいつの会社がどこか分かるんだ……ますます敵に回したくねえな、おまえ」

　竜一はげんなりして直哉からそっと距離を取った。

　これくらいの裏工作は日常茶飯事なので、ある意味新鮮な反応だった。

「あ、あの、ありがとう、伏虎くん」

「お、おう……」

　そこで恵美佳がおずおずと近づいてきて竜一に声を掛けた。怖かったのか顔色が少し冴えないものの、それでもずいぶんホッとしたようだ。

竜一は目を逸らしつつ、ぶっきら棒に言う。

「……別に。おまえには前に助けてもらったし、気にすんなよ」

「えへへ、律儀な人だなあ」

恵美佳はくすくすと笑って、それからふと眉を寄せて竜一の袖をそっと引いた。

「でも、あんまり無茶はしないでね。伏虎くんがケガでもしたら……悲しいからさ」

「………おう」

竜一は真っ赤な顔を限界まで背けて、蚊の鳴くような声を絞り出した。

そんな一連のやり取りをこっそり指し示し、直哉は小声で言う。

「で、委員長さんもこの調子だとじわじわ意識していくと思うぞ」

「なるほどねえ……」

小雪は重々しくうなずき、ふたりのことを目を皿にしてじーっと見つめた。

やがて結論が出たらしくぽんっと手を叩く。

「分かったわ、伏虎くん」

「な、なんだよ、白金」

竜一はどこか気まずそうに目を向ける。またヘタな援護射撃を食らうと思ったらしい。

しかし小雪は真面目な顔で言ってのける。

「さっきは手を貸すって約束したけど、ごめんなさい。あれ、ナシにしてちょうだい」

「はあ……？　まあ、余計なことをしなくなるなら助かるんだが……なんでまた急に」

「だってこんな天然物……へたに手出ししたら勿体（もったい）ないわ！」

「て、天然……？」

わけが分からないとばかりに、竜一は目を瞬かせる。

小雪はおかまいなしだった。彼の肩をバシバシ叩いて気合いを送り、満面の笑みとサムズアップを向ける。

「ふたりにはふたりのペースがあるわよね……！　ぜひとも頑張ってちょうだい！　そして私をニヤニヤさせてちょうだいね！」

「ますます分からん……」

「なんで小雪ちゃんはそんなにテンション爆上がりなの？」

ふたりとも揃って首をかしげるばかりだった。

恋愛ごとにおいて、当事者たちはどこまでも無自覚なのである。

◇

それからしばらく経（た）ったころ。

三年一組では、新たな日常風景が生まれていた。

「あ、伏虎くん！　おはよ！」

「お、おう……おはよ」

教室に入ってきた竜一を見て、恵美佳が大きく手を振って呼びかけた。

それに竜一が顔を強張らせ、控えめに手を振る。そのまま彼はそそくさと自分の席に着くのだが、恵美佳はニコニコと追いかけていく。

「ねえねえ、聞いて！　昨日ね、寝ようとしたらチョコが初めてベッドに潜り込んできたの！すっごく可愛かったんだから！」

「よ、よかったけどな……まずちょっと離れてくれないか……」

ぐいぐいくる恵美佳に、竜一は真っ赤になって口ごもる。

これまで挨拶を交わすくらいの仲だったのが、先日のお買い物から一気に距離が縮まった結果がこれである。もともと竜一に苦手意識がなかった恵美佳の中で、彼に対する好感度がぐっと上がったのだ。

恵美佳はニコニコとスマホを取り出して画面を示す。

「で、そのときのチョコの写真がこれなんだけどね。可愛いでしょ！」

「おっ、おまえこれ……寝間着姿じゃねーかよ⁉」

「そりゃ見たままパジャマだけど、何か問題でも？」

「大ありだ！　誰か他の男に見せてないだろうな⁉」

「伏虎くんだけだけど？」

「それはそれで大問題だろうがよぉ……！」

「ええ……私はいったいどうしたらいいわけ？」

机を殴って身悶える竜一に、恵美佳は首をひねるばかりだった。

彼の葛藤がまったく察せないらしい。『なんだかリアクションが面白いなあ』くらいの感想でのほほんとしている。

「思ったより面白いなー、あいつ」

「不良と優等生のラブコメか……ナオヤの周りはマンガのような人々ばかりだなあ」

「いや、あそこまでベタなのはなかなかないと思うよ？」

巽とアーサー、それに結衣が好き勝手にコメントする。

他のクラスメートもおおむね皆、生温かい目を向けていた。不良の汚名はここ数日で完全に払拭され、恋に悩む青少年として微笑ましく見守られている。

そこに直哉と小雪が通りかかり、竜一の肩をそれぞれぽんっと叩いた。

「今日もがんばれよ、若人」

「伏虎くん……たまには話を聞いてあげるからね」

「うるせえ！　息を合わせて哀れみの目を向けてくるんじゃねえわ！」

「えへへ、みんなそんなにチョコの話を聞きたいの？　嬉しいな！」

ただひとり事態が察せない恵美佳は、愛猫（あいびょう）の話ができてすっかり上機嫌だった。

三章　いたって普通のカップルです！

その事件が起きたのは、三年に上がって一ヶ月ほどしたころだった。

「はあ……疲れた」

放課後、小雪はひとりで帰り道をとぼとぼと歩いていた。大きく肩を落とし、足取りも重い。

ふと覗いた店の窓ガラスには、ひどく悄然とした自分の顔が写っている。

今日は珍しく隣に直哉がいない。

小雪に用事があったから、先に帰ってもらったのだ。

そこは別にかまわない。恋人だからといって、何も四六時中一緒にいるわけではない。

小雪は足を止め、大きなため息をこぼす。

（まったくもう……今日は直哉くんのせいで散々だったわ）

今日の用事というのは他でもない、女子会だ。

ファミレスの一角に集まってだらだらお喋りするだけの会合である。

ただし今日は結衣や恵美佳だけでなく、他のクラスメートも交じった大規模特別女子会だったのだ。初めて話す子も多く緊張したが、小雪はその子らとも仲良くなりたい一心で参加を申し出た。

女子同士のお喋りは非常に楽しかった。

ファッション雑誌を囲んだり、ペット自慢を繰り広げたり。

その結果、小雪は初めて喋った子らとも連絡先を交換することができた。その内のひとりが小雪と同じで猫を飼っているとかで、今度家に遊びに行く約束まで取り付けたほどだ。

一年ちょっと前まで自業自得でぼっち街道を突っ走っていた身としては、完全勝利と呼んでも差し支えない成果である。キラキラ女子高生らしく胸を張り、帰り道では肩で風を切ってしかるべきだ。

それなのに小雪は非常にぐったりしていた。

きっかけは女子会の最中、女子のひとりがキランと目を光らせてこう切り出したことにある。

『ところで白金(しろがね)さん。彼氏とはぶっちゃけどうなの？』

『へ、どうって……何が？』

『もちろんどこまで行ったかよ。当然、毎日チュッチュしてんでしょ？』

『はいいいいいい⁉』

これにはさすがの小雪も仰天した。

小雪と直哉が付き合っていることは、クラスの皆が知っている。

だから女子会でそういう話を振られることは覚悟していたのだが……こんな剛速球を投げら

れるとは思ってもみなかった。

目を丸く見開いて固まる小雪を見て何を思ったのか、女子らは納得顔で目配せし合う。

『ほら、キスくらい普通みたいだね』

『お父さんが外国のひとなんだっけ？　やっぱ文化の違いってすごいねえ』

『そんなことありません！　言いがかりはよしてちょうだい！』

このままでは自分たちが毎日キスしまくるバカップルにされてしまう。

それだけは断固として拒否したかったので、小雪はため息まじりに打ち明けた。

『たしかにキス……はしたことあるけど。そんな毎日ってほどでもないわよ。たまによ、たまに』

『えー、でもお互いの家族で旅行に行ったこともあるんでしょ？　で、両親公認の交際だって聞いたけど』

『それでこのまえ結婚式まで挙げたっていうじゃない。キスなんて朝飯前でしょ？』

『うっ、旅行とか結婚式は流れでそうなっただけで……』

『どんな流れよ。普通しないって』

『ぐぬぬ……私たちにも色々あるの！』

改めて自分たちの歩んできた軌跡を辿ると、奇妙な点がいくつもあるのは承知している。

直哉自身が強烈な個性の持ち主なので、波瀾万丈なのは仕方のない話だ。

それでも誰がなんと言おうと、自分たちは等身大の高校生カップルなのだ。みんなの誤解を解くべく、大きく息を吸い込んでから淡々と言う。

『いろんな噂があるのは知ってるけど、実際の私たちは慎ましく交際しているの。そのへんは普通のカップルと変わらないんだから』

『へえー、意外だなあ』

どうやらひとまず信じてくれたらしい。

小雪はホッとして手元のオレンジジュースに口を付けるのだが——。

『てっきり、キスのもっと先まで進んでるものかと思ってたよ』

『ふぶーーーっ⁉』

口にしたばかりのジュースを思いっきり噴き出してしまった。

一部が気管に入ってしまい、死ぬほど咽せる。

初心な小雪とはいえ、キスの先に何が待っているかは知っていた。つまり、オトナのあれこれだ。

(そんなあれこれを経験済みの玄人カップルだと思われてたのぉ⁉)

顔から火が出そうだったし、頭に血が上ってクラクラした。あまりにも理不尽な言いがかりに、だんっとテーブルを叩いて猛抗議する。

『私たちは高校生なのよ⁉ そんなのありえないでしょ!』

『え、でも私の友達は経験済みだよ』

『うそぉ⁉』

さらっと返ってきたセリフに度肝を抜かれた。

キス以上はオトナの世界――そう思っていたからこそ、にわかには信じ難かった。

それなのに他の子たちも『あー私の友達にもいるね』なんてあっさりうなずく始末。

幸か不幸かこの場に経験済みの子こそいなかったものの、みんなそれを普通のことだと捉えているようだった。

『ま、希少な例だと思うけど意外といるもんなんだよ。だから白金さんたちも毎日キスくらいしているものかと……って白金さん⁉』

『きゅうう……』

『うわあ⁉　白金さん大丈夫⁉』

『お水！　お水を飲んでください……！』

キャパオーバーを起こして意識を失いかけた小雪のことを、みんな大慌てで介抱してくれた。

それから全員で謝ってくれたものの、釈然としないままだ。

別れてからずっと眉根のしわが消えない。

今日集まった子たちの誤解は解けたものの――。

「これは非常にまずい事態だわ……」

小雪と直哉が付き合っていることは、クラスどころか校内中の生徒が知っている。

つまり、似たような誤解をしている人間がまだまだ他にもいるかもしれないのだ。毎日キスしているどころか、もっと進んだオトナのカップルとして見られているかもしれないのである。

それを思うと、明日から学校に行くのが憂鬱だった。

同時にむくむくと怒りが湧き上がってくる。

(もう！　イロモノなのは直哉くんだけなのに、このままだと私まで変な目で見られちゃうじゃないの！　ただでさえ最近妙に注目されちゃうのに……！)

先日の文化祭でへたに目立ってしまったせいか、最近では知らない後輩から挨拶されることが多い。同級生から話しかけられることもずいぶん増えた。

その内何割が例の誤解を抱いているのか……小雪は考えたくもなかった。

「うぐぐ……なんとかしてみんなの誤解を解かなくちゃ。でも、いったいどうしたらいいのかしら……」

全校生徒の前でスピーチする？　死んでも嫌だ。

直哉に弁明させる？　あれを矢面に立たせると、あとで気疲れするのは自分だ。

考えても考えても、この窮地を脱する名案が浮かばなかった。

学年成績一位の秀才とはいえ、こんな問題など解いたためしがない。

しばし小雪は道ばたに立ち尽くし、ああでもないこうでもないと思案を巡らせて――。

「大丈夫ですか、白金さん」

「うわあっ⁉」

突然、背後から声を掛けられた。

飛び上がって振り返れば、そこにはひとりの女子生徒が立っている。

切りそろえられたボブカットがよく似合う小柄な少女だ。小雪が悲鳴を上げてしまったせいか目を丸くしていたが、ハッとしてぺこぺこと頭を下げる。

「驚かせてしまってすみません。心配になってつい……」

「び、びっくりしたあ……二ノ宮さんか」

ドキドキとうるさい心臓を宥めつつ、小雪は吐息をこぼす。

彼女は二ノ宮文乃。先ほどの女子会メンバーのひとりだ。ジュースで咽せた小雪に水を差し出してくれたのが記憶に新しく、あのときは救いの女神に見えた。

文乃はどこか硬い面持ちで言う。

「そこのコンビニに寄ってたんですが、白金さんが外でずーっと青い顔で立ち尽くしていたのが気になって声を掛けたんです。具合でも悪いのかと思って」

「そ、そういうわけじゃないんだけど……」

小雪はごにょごにょと言葉を濁し、ふと気になったことを尋ねてみる。

「私、そんなにひどい顔してた？」

「ええ。なんというか、世界のすべてを敵に回してしまった主人公めいた面持ちでした」

「そこまで悲愴だったの……？　いやまあ、個人的にはかなり深刻だけどね……」

「本当に大丈夫ですか？」

大きく肩を落とす小雪を前に、文乃はハラハラするばかり。

そうかと思えばキリッとして胸に手を当てて続ける。

「私でよければ相談に乗りますよ。何でも言ってください」

「二ノ宮さん……ありがとう」

思わず触れた人の優しさに、小雪はジーンとしてしまう。

恥ずかしい悩みではあったが――文乃なら話してみてもいいかもと思えた。

文乃はふんわりと微笑みかけてくる。

「これでも人の話を聞くのは得意なんです。口も堅い方ですし、安心してください」

「そういえば……新聞部だって言ってたっけ」

「はい。一応部長を務めています」

小雪らの通う大月学園には、大小様々な部活や同好会が存在する。

新聞部もその内のひとつで、活動が活発なことで知られていた。

彼らが毎月発行する大月新聞は、部活動の記事から周辺の美味しいお店の情報まで幅広く掲載されるとあって、目を通す生徒も多い。小雪もその内のペット紹介コーナーを入学からずっと愛読している。

それはともかくとして。

小雪は盛大なため息をこぼしてから、文乃にぽつりと打ち明けた。

「実は……さっきみんなに言われたことで悩んでて」

「な、なるほどぉ……」

文乃は合点がいったとばかりに苦笑する。

ぽっと頰を赤く染めて、目を逸らしつつ言うことには。

「たしかに私もあれにはびっくりしました。白金さんたちくらいラブラブなら、もっと進んだお付き合いをしているものだとばかり……」

「ないって！　あくまでも普通のカップルなの！」

小雪はうがーっと頭を抱える。

これまであまり話したことのない文乃にさえそう思われていたのだ。恥ずかしいにもほどがあるし、穴があったらそのまま埋まってしまいたい。

「みんなには分かってもらえたけど、きっと他にも誤解した人がいるはずでしょ？　それを思うと憂鬱でぐったりしちゃって……」

「それはなかなか深刻な問題ですね……」

文乃はあごに手を当ててうーんと唸る。

「全校生徒に説明して回るわけにもいきませんし、どこまで信じてもらえるか分かりませんものね」

「そうなの。だからといって、放置するのもモヤモヤするし……うん？」

「白金さん？　どうしましたか？」

そこで小雪はハッとする。

文乃の顔をじーっと穴が空くほど凝視して、低い声で問う。

「二ノ宮さん、新聞部なのよね。さっき部長だって言ってたけど……記事とかも書いたりする？」

「へ？　はい、そうですね。先日もレスリング部の皆さんを取材させていただきました」

「……そう」

文乃の返答を噛みしめて、小雪は重々しくうなずく。

真っ暗闇の中、一条の光を見つけたような心地だった。

文乃の肩をがしっと摑み、小雪は万感の思いを込めて頭を下げる。

「二ノ宮さん、一生のお願い。私たちのことを記事にして！」

「へ？」

◇

その次の日の朝。

今日も今日とて直哉と駅で落ち合って、いつも通りに朝の挨拶。

そのまま小雪は自然な流れで、隣に立つ文乃を紹介した。

「で、こっちが二ノ宮さん。今日は一日密着取材してくれることになったから」

「よ、よろしくお願いします」

文乃は直哉に向けてぺこりと小さく頭を下げる。幾分緊張しているようだった。

その首には大きめのカメラが下がっており、手にはメモ帳。見るも分かりやすい記者スタイルである。

「はあ」

直哉はそんなクラスメイトを見て、軽い相槌を打つだけだ。

そのまま笑顔でぽんっと手を打つ。

「なるほどな。昨日の女子会で俺との交際について、あらぬ誤解を受けていることに気付いたと。で、新聞記事で全校生徒の誤解を解いておこうと思ったんだな」

「そういうことよ」

小雪はうんうんとうなずく。

全校生徒に情報を発信するのには、こういうメディアが一番有効だ。おまけに第三者の目という公平なジャッジがあるから、自分たちで弁明するより信憑性がぐんと高まる。

そういうわけで、文乃に取材してもらうよう頼み込んだのである。

(我ながらいい考えだわ！　さすがは頭脳明晰完璧超絶美少女よ！)

小雪は鼻高々で胸を張るのだが、文乃の顔は浮かないものだ。

直哉のことをじーっと見つめてから、こそこそと小雪に尋ねてくる。

「あの、笹原くんに取材のことを事前に教えていたんですか？」

「いいえ？　これくらいなら顔を合わせただけで察してくれるわよ」

「噂には聞いていましたけど、やっぱりとんでもない人なんですねえ……」

文乃はごくりと喉を鳴らす。すっかり直哉のペースに呑まれてしまったらしい。

小雪はすっかり慣れてしまったが、これが普通の反応なのだろう。

おずおずと、それでもどこか興味深そうに文乃は直哉に話しかける。

「それだけ察しがいいのなら、チェスとか将棋なんかもお強そうですねえ」

「ああ、先の手を読むのは楽勝だよ？　でもやっぱ本物には勝てないからなあ。俺なんか大したことないって」

「本物以外のアマチュアなら、軽く捻れると言いたげですね……」

実際、将棋部から稽古を頼まれたこともあったはずだ。

そのときは部員十人を同時に相手して、九人を完膚なきまでに叩き潰したらしい。「さすがにやりすぎたなあ。出禁だってさ」とのほほんと報告された。

小雪はゴホンと咳払いする。

「直哉くんのびっくり人間ぶりはどうでもいいのよ。取材してもらいたいのは私たちの交際模様なんだから」

「小雪にしては大胆だなあ、自分たちのラブラブぶっぷりを大多数に知らしめたいなんて。そんなに誤解が嫌なのか？」

「当たり前でしょ！」

どこまでも呑気な直哉に、小雪は青筋を浮かび上がらせて怒声を上げる。

「私たちはごくごく普通のカップルなの。清く正しく、慎ましい交際を続けてるっていうのに……そんな爛れたカップルだと思われているなんて我慢がならないわ！」

ぐっと拳を握って意気込みを吼えれば、あたりの生徒らがちらほらと振り返った。

みな、いつものバカップルだなあという生温かい目である。

その中のどれほどが、小雪らのことを誤解している最中なのか……考えたくもなかった。

その鬱憤をぶつけるようにして、小雪は直哉をジロリと睨む。

「っていうか、直哉くんは知ってたでしょ。私たちがそういう目で見られてるってこと！」

「そりゃまあ俺だぞ？　視線だけで、相手の思考なんて簡単に読めるっての」

直哉は飄々と肩をすくめるばかりだ。

女子会で指摘されたからこそ小雪は気付けたのだが、直哉はずっと前から知っていた。それで小雪に教えなかったのだ。裏切りもいいところだった。

（何を悠長な……！　私とあなたが、その……エッチなことしてるってみんなに思われてて、なんとも思わなかったわけ⁉）

ヘタしたら、知らない男子にまでそんな目で見られていたことになる。

絶望と不安でずーんと落ち込むが、そこで直哉にぽんっと肩を叩かれた。

そっと顔を上げれば、いつも以上に優しい笑顔を向けていて――直哉は穏やかな声で告げる。

「大丈夫だぞ、小雪。小雪を特別エロい目で見た男は、全員裏で処理済みだから。あとの小物はそれでビビって邪心を捨てたんで万事ＯＫだ。安心してくれ」

「そんな不穏な説明で安心できるか！　処理っていったい何をしたわけ⁉」

「どうしても知りたい言うなら話すけど。法には触れないけど倫理的にはちょっとよろしくない感じだから、聞かないことをオススメするかなあ」

「分かった。墓場まで持っていきなさい！」

小雪は肩に置かれた手を振り払い、びしっと命じておく。

いくら大好きな相手のこととはいえ、知らない方がいいこともある。

そんな熟年夫婦めいた悟りを、小雪は交際一年足らずで嫌というほどに学んでいた。

一方で、文乃はほうっと熱い吐息をこぼす。

「噂通り、笹原くんは白金さんのためなら全力なんですね」

「当然だろ。だって、世界で一番好きな女の子のためだし」

「なっ……！」

直哉が堂々と断言したものだから、小雪は言葉に詰まってしまう。

好意を直接伝えられるなんて付き合う前からの日常茶飯事だが、こういう油断したタイミングでの不意打ちにはまだ慣れないままだ。おかげでさっと顔が赤くなるのが分かった。

そんな小雪を横目に、直哉は感慨深そうに続ける。

「小雪に会うまでは、自分に向けられる好奇の視線が嫌で目立たず生きていこうと思ってたんだけど……今じゃ自分のことなんてどうでもよくて、小雪を護ること優先なんだ。こんなに変わるなんて思ってもみなかったなぁ」

「きゃあ、愛の力ですね！　騎士様って感じです！」

「実際にやってることは、悪の組織の軍師なのよ」

げんなりしつつも小雪はツッコミを入れておく。

いつか刺されるんじゃないだろうか、この人。刺されたくらいで死ぬかは不明だが。

ハラハラしつつも、直哉のセリフを思い返してふと気付く。

(待って。それじゃあこの大魔王を解き放ったのは私だってこと……？)

小雪と出会ったことで全力を出すようになったのなら……つまりはそういうことになる。

さーっと顔から血の気が引いていくが、かぶりを振って意識を切り替える。

深く考えないようにしよう。小雪は固く決意した。

小雪の葛藤をスルーして、直哉は文乃に笑いかける。

「男は排除したけど、誤解した女の子たちはさすがにノータッチだったからなあ。それを払拭するためなら、喜んで協力するよ。二ノ宮さんの記事ならみんな信じてくれるだろうしな」

「ありがとうございます。お力になれるよう頑張りますね」

文乃はきりりっとしてやる気を燃やす。

そのままメモ帳を広げ、きびきびと説明を始めた。

「とりあえず今日一日、おふたりに密着取材させていただきます。それをまとめた記事は、来月の大月新聞に見開き二ページの大特集として掲載予定です」

「えっ、そんなに書いてくれるの？」

てっきり新聞の隅に少し載る程度だと思っていた。

予期せぬ大事の気配に、小雪はほんのり不安を覚える。

「私がお願いしといてなんだけど……昨日の今日で、よくそこまで決まったわね。ひょっとして部長権限とか？　迷惑をかけていないかしら」

「あれ、笹原くんから聞いていないんですか？」

「何を？」

首をかしげる小雪に、文乃は苦笑しつつ打ち明けた。

「実は新聞部では、これまで何度もおふたりの取材を打診していたんです。校内で一番有名なカップルですし。ですが毎回、笹原くんから断られていたんですよ」

「えっ、私何にも知らないんだけど⁉」

「だって小雪は嫌がると思ったし」

直哉は悪びれることもなく言ってのける。

詳しく聞けば、どうも文化祭あたりから取材申し込みが頻繁に来ていたらしい。それを直哉は小雪に気付かれる前に丁重に辞退していたらしい。

完全に初耳だった。

文乃はどこか興奮したように拳を握って熱っぽく語る。

「だからおふたりの取材をすることになったって報告したら、他の部員から驚かれたくらいですよ。『どうやってあの笹原を落としたんだ⁉』って」

「彼女に対しても暗躍するのやめてよね……」

「あはは。そんなに褒められると困るなあ」

ジト目を向ける小雪に、直哉は穏やかに笑うだけだった。

小雪が『私がそういうの苦手なの分かっててガードしてくれたのね……』とうっすら恩義を感じているのが分かるからだろう。そこはわりとムカついた。

そんな話をしていると、直哉がふと駅の時計を見上げて眉（まゆ）を寄せる。

「おっと、そろそろ行かないとマズいな」

「うげげっ、もうこんな時間？」

余裕を持って待ち合わせたものの、話し込んでしまったのがよくなかったらしい。

うかうかしていると遅刻しかねない時間帯だ。まわりの生徒たちも早足で学校へと向かう。

小雪はキリッとしてから文乃に向き直った。

「それじゃあ頼んだわよ、二ノ宮さん。私たちがごくごく普通のカップルだってこと、きっちり取材して証明してちょうだい！」

「お任せください。お友達のピンチですし、記者魂をかけて頑張ります！」

「二ノ宮さん……本当にありがとう！」

文乃の手を握って、小雪はぐすっと涙ぐむ。

とんでもない誤解に悩みもしたが、こんなに頼もしい味方がいるなんて自分は幸せ者だった。

そういうわけで勝負はここからだった。

小雪は直哉にずいっと右手を差し伸べる。

「よしっ。それじゃあ早く行きましょ、直哉くん」

「はいはい」

その手を直哉はいつも通りに握り返してくれた。

これがふたりにとっての日常風景である。

「へ？」

しかしそれを見て、文乃がおかしな声を上げた。

目をぱちくりさせて何故かこちらを凝視してくる。

「あれ？　二ノ宮さん、どうかした？」

「いえ……」

文乃はすこし言いよどんだ後、カメラをかまえてぱしゃっと一枚。

ディスプレイでその出来映えをチェックしてから、困ったように笑ってみせた。

「流れるように手をつなぐんだなあって、びっくりしてしまって……すみません」

「えっ、これくらい普通でしょ？　だってほら、みんなもしてるし」

登校時間ということもあり、あたりには直哉たちの他にも大勢の生徒たちがいた。

もちろんそこには何組かのカップルたちが含まれている。

彼らも直哉ら同様に手をつないでいて、実にほのぼのした光景だ。

だがしかし、文乃は無情な事実を突きつける。

「それでもほら、おふたりみたいな恋人つなぎはレアですよ？」

「へ……嘘ぉ!?」

小雪は一瞬だけぽかんとして、それから慌てて他のカップルたちを観察する。

自分たち以外のカップルはみんな手のひらをそっと重ねるつなぎ方で、しかもどこか初々しい。偶然友達と出会して、気恥ずかしいのかその瞬間にぱっと離すカップルもいたほどだ。

一方で、小雪と直哉はしっかり指をからめる恋人つなぎ。

そのつながりの強さは、ちょっとやそっとでは離れないとひと目で分かるほどだった。

(う、うわわ……⁉)

それに気付いた途端、小雪の顔が一気に赤くなった。手のひらから汗が滲む。

ぷるぷると戦慄する小雪をよそに、直哉は肩をすくめるだけだ。

「あーあ、とうとう気付いちゃったか」

「まさか直哉くんは最初から知っていて……⁉」

「うん。この一年くらい見てきたけど、ここまでやってるのは俺たちだけだぞ」

「ひえぇっ⁉」

つないだ手をわざとらしく翳されて、小雪はばっとそれを振り払った。

しかし直哉は平然と続ける。

「これまで手なんて何度もつないできただろ。前に行ったプールでも、イベントで係員さんに見せつけたくらいだし。気にするほどのことか？」

「気にするわよ！　だって、こ、恋人つなぎは私たちだけじゃない！」

小雪は真っ赤な顔で抗議する。

一度はつないだはずの右手を意味もなくさすりつつ、ふと気付くことがある。

「あれ、でも待って。少し前までは私もみんなみたいに、手のひらを合わせるだけのつなぎ方だった気がするんだけど……？」

「ああ、去年の秋口くらいまではそうだったな」

直哉はあっさりとうなずく。

昨年の夏から付き合いだしたふたりだが、それから即恋人つなぎをしていたわけではない。

直哉の弁によると、きっかけは交際が少し進んだ秋ごろまで遡るらしい。

木枯らしの吹く下校時に、小雪がへくちっと小さなくしゃみをしたのだ。

『ううっ……寒くなってきたわね。そろそろ手袋を出さないと』

『だな。とりあえず今は俺の手を代わりにしとかないか？』

『ふん、直哉くんにしては名案ね。どれどれ……わっ、すっごくあったかい！』

直哉が差し出した手をぎゅーっと握り、小雪は嬉しそうにした。

「で、そこで俺がちょっと強引に『こっちのつなぎ方のがあったかいぞ』って恋人つなぎにしたんだよ。覚えてるだろ」

「そういえばそうだった……！」

目を見開いて小雪は愕然とする。

あのときもたしかに恥ずかしかったのだが、寒かったのとドキドキしたのとでそのままにしておいた。そうしてそれからちょくちょく恋人つなぎをすることになって、いつの間にかそれがデフォルトになったのだ。

慣れというのは怖いもので、今の今まで最初の気恥ずかしさを忘れていた。

たった今、小雪はそれを完全に思い出した。

ギンッと直哉を睨め付けて胸ぐらを掴む。

「彼女を洗脳するんじゃないわよ！」

「恋愛テクニックと言ってくれよ。それに、いいこともちゃんとあったぞ」

「私を辱めただけでしょ、何がいいっていうのよ！」

「ほら、他のカップルたちを見てみろって」

直哉がそっと背後を指し示したところで、ちょうど手をつないだカップルが歩いてきた。

どちらも高等部で小雪らの後輩だが、特に接点があるわけでもない他人だ。

しかしふたりはこちらに気付いて、にこやかに頭を下げる。

「あ、どうも。お世話になってます」

「おはようございます、先輩」

「へ？　は、はあ……どうも？」

見知らぬふたりから挨拶されて、小雪は目をぱちくりさせる。

カップルが去ってからおずおずと直哉の顔を覗き込んだ。

「なんで今、尊敬のまなざしで会釈されたの……？」

「あいつら、つい最近付き合いだしたんだよ」

ふたりは同じクラスになったことをきっかけにじわじわ距離を縮めていって、無事に交際に発展。しかしそこからの一歩を踏み出すのに非常にまごついていた——らしい。

「でも、俺たちが堂々と往来で恋人つなぎしてるのを見て、自分たちも自然とつなげるようになったんだ。だから感謝してるんだよ」

「私たちが新米カップルに勇気を与えていたの⁉　まだ付き合って一年未満の新米な私たちが⁉」

「うん。他のカップルもだいたい似たようなもんで感謝してる。そういうわけでよかったな、小雪。人の役に立てたぞ。これからも規範となるべく、ちゃんと手をつなごうな」

「こんな形で感謝されても嬉しくないわよ！　今日はもうつなぎません！」

直哉が改めて差し出した手を、小雪はばしっと叩き落とした。

我ながら『今日限定』なあたりが非常にチョロいと思ったが、ショックはショックだった。

しかし、ふんっとそっぽを向いたところでギクッとする。

文乃が真剣な顔でメモ帳に何かをざかざか書き連ねていたからだ。先ほどまでのおっとりした彼女からは考えられないくらいの、仕事の鬼がそこにいた。

小雪は声を震わせて文乃に話しかける。

「に、二ノ宮さん……？　いったい何をメモっているわけ？」

「当然、取材ですので」

文乃はぱたんとメモを閉じ、毅然と言う。

「おふたりにとっては恋人つなぎが『普通』のことなんですよね。このことはさっき撮った写真と合わせて、きっちり記事に書かせていただきます」

「見なかったことにするとかあるでしょ！　友達なのよ⁉」

「友達以前に、私も記者の端くれなので。公平な目を持ってジャッジします」

「うぐう、真面目な子ね……！」

小雪はぷるぷる震えつつもぐっと堪えた。しっかり恋人つなぎしている様が新聞に載って、衆目の目にさらされるのが確定してしまったが……審判がいかに公明正大かはよーく分かった。

これなら信頼できる……かもしれない。

ただし、文乃はメラメラと燃え上がっていた。

「さすがは有名カップル……！　想定よりも破壊力があります！　これは確実に読者受けすること間違いなしですよ、白金さん！」

「完全に記者の目だわ……」

取材を頼んだのは藪蛇だったかもしれない。

だがしかし、もうこれに賭けるしかないのだ。

小雪はヤケクソ気味に文乃の肩をがしっと掴む。

「いいこと、二ノ宮さん！　手のつなぎ方では不覚を取ったけど……本当はこんなものじゃないのよ」

「不覚を取るってなんだよ、俺と恋人つなぎするのは不本意なのか？」

「見世物になるのが不本意なのよ！」

直哉のぼやきをばっさり斬り捨てることも忘れなかった。

「もっと他の部分を見てちょうだい、そしたら私たちは清く正しい交際をしている普通のカップルだって分かるから。いい記事のためですし、きっちり取材してちょうだい！」

「もちろんです。いい記事のためですし、きっちり取材しますとも」

「友情のためだって言ってよぉ！」

にこやかにカメラを翳す文乃に、思わず小雪は摑みかかってしまった。

「俺たちが普通、ねえ」

直哉は直哉であごを撫で、そんな小雪たちを見守るばかりだった。

こうして密着取材が開始となった。登校中は小雪が手をつなぐのを拒否したために並んで歩くだけだったが、文乃はそれでも満足そうに何枚もの写真を撮っていた。

彼女は授業中も小雪と直哉の様子をメモったりして、とうとう昼休みとなった。

「よし。頑張るのよ、小雪。ここが挽回どころなんだから」

小雪は決意を込めて、ぐっと拳を握る。

三人で移動したのは中庭だ。春先ということもあってあたりは生徒たちで溢れている。ベンチはもちろん満席だし、芝生もほとんど埋まっていた。

レジャーシートを広げつつ、直哉は小雪に苦笑を向ける。

「貴重な昼休みなんだし、もっとリラックスしろよ」

「無理に決まってるでしょ。私はなんとしてでも、私たちが普通のカップルだってことを証明しなきゃいけないのよ……！」

ふんっと鼻を鳴らして、レジャーシートにでんっと腰を下ろした。

「そう固くならなくても大丈夫ですよ、白金さん」

そんな小雪に、文乃が朗らかに笑いかけてくる。

文乃も文乃で小さなシートを持ってきていて、それをふたりの真正面に敷いていた。

もちろんカメラとメモ帳もしっかり準備している。

「自然なおふたりでも十分撮れ高があることが分かりましたから。授業中に撮影できなかった分、ここで巻き返さないと」

「そんな意気込みはいいから……だいたい、授業中なんて撮っても仕方ないでしょうに」

「またまたご謙遜を」

文乃はカメラのレンズを磨きつつ、ほうっと微笑ましそうに目を細める。

「白金さんってば、頻繁にぼんやりと笹原くんを見つめていたじゃないですか。アレこそまさに恋に恋する女の子って感じで……何度カメラを構えるのを我慢したことか！」

「違うし！　どうやったらこの人の手綱を握れるのか考えてただけ！」

「またまたあ。完全に乙女の顔でしたよ」

「ぐぐぐ……！」

たしかにじーっと睨んで作戦を立てるうち、気付いたらぼんやり見蕩（みと）れていた。

何だかんだ悪（あ）し様に言っても、直哉のことは大好きだ。その大好きな彼氏が同じクラスにいるのだから、ついつい見つめてしまうのは仕方のないことなのだ。

口ごもる小雪をよそに、直哉はのほほんと笑う。

「今日は特に俺のことを見てたもんなあ。特に三時間目なんか、ほとんど授業を聞いてなかっただろ」

「あ、やっぱり誰に見られているかも分かるものなんですね」

「そりゃまあな。あと、好きな彼女の視線だから余計に突き刺さるっていうか」

「きゃーっ、愛ですね！　重要証言として使わせてもらいます！」

「や、やめてちょうだいよぉ……」

羞恥（しゅうち）に震える小雪の抗議に耳を貸すことなく、文乃は喜々としてメモ帳を開く。

この展開は非常によろしくなかった。

（こうなったら、お昼休みを無難に終わらせるしかない……！）

小雪は決意を新たに、直哉が敷いたばかりのレジャーシートに腰を下ろす。

小さめの一枚なのでふたり並んで座ればそれだけでいっぱいだ。

隣の直哉に鋭い眼光を飛ばし、シートの端ギリギリまで逃げる。ついでにしっしと片手で払っておく。

「それ以上は近づかないでちょうだいね。接触は最小限にしておきしたいの」

「お、今朝のので学んだな？」

朝は恋人つなぎを自然に披露してしまった。

この上、くっついてお弁当を食べるなんて、羞恥プレイもいいところ。

だから接触を減らそうとしたのだが、直哉は感心しつつも小雪が稼いだ距離を指で測る。

「これでだいたい十センチってとこかな。密着と言っても過言じゃない距離だぞ」

「明らかにふたり用ですもんね、そのシート。やっぱり白金さんは笹原くんのことが大好きなんですね！」

「私が好きなのはにゃんじろーよ！」

お尻に敷いたにゃんじろーを指し示し、小雪はキリッとして言い放った。

お子様用のキャラクター商品なのでサイズが小さいのはご愛敬だ。

ふたりを順繰りに睨み付けてから、小雪はつーんとしつつ弁当を開いた。

「もういいから早くご飯にするわよ。淡々と食べて、あとは事務的な会話に徹しましょ」

「恋人なのになあ。赤の他人同士でも、もう少し血の通った昼休憩になるぞ」

そうはツッコミつつも、直哉も弁当を準備する。

正面に座る文乃は購買の焼きそばパンだ。それを片手でかじりつつ、ふたりの弁当を覗き込んでくる。

「ふむふむ、おふたりとも今日はお弁当なんですね。笹原くんのコロッケ、とっても美味しそうです」

そう言って指さすのは、直哉の弁当箱に鎮座するコロッケだ。

からっときつね色に揚がった小ぶりなひと品で、断面からはとろっと溶けたチーズとコーンが覗く。他にも小さめのおかずがいくつも詰め込まれた、玉手箱のようなお弁当箱だ。彩りにも気を使っているので、見ているだけでも楽しい。

目を輝かせる彼女に、直哉はこそばゆそうに笑う。

「あはは、ありがとう。ちょっとした自信作なんだ」

「自信作……まさかこれ、手作りなんですか⁉」

「ああ。俺は両親が家を空けがちだから自分で作ってるんだよ」

「すごいです！　読心系能力者なだけでなく料理上手とか、笹原くんはハイスペックなんですね！」

文乃は興奮気味にメモしていく。

すっかり直哉に興味津々である。そんな文乃に対して――。

「……ふふん」

小雪はつんつんしたまま、こっそり口角を持ち上げてにんまりと笑った。

（そうなのよ！　意外といろいろできちゃうんだから、直哉くんは！）

大雑把に見えて細やかな気遣いができる方だし、正義感も強い。

そういうところも小雪は大好きなのだが、他人にはなかなか理解されない点だ。日頃の行いが悪いのは十分承知しているものの、大魔王にもいいところはちゃーんとあるのだ。

彼のいいところを知っているのは自分だけ……みたいな特別感があるものの、直哉を褒められるのはやっぱり嬉しかった。

おかげで先ほどの苛立ちがすーっと消え去った。

そんなことには気付かず、文乃は小雪の弁当にも興味を示す。

「あれ、ひょっとして白金さんのお弁当もお手製ですか？」

「へ？　ええ、そうよ。最近毎朝早起きして作ってるんだから」

小雪はキリッとして胸を張る。おにぎりと卵焼き、その他茶色いおかずが多めの弁当だ。

ほんの一年ほど前まで、野菜の皮むきもへっぴり腰だった。

それに比べればかなりの成長ぶりだと自負している。

とはいえまだまだ道は遠かった。小雪は眉をきゅっと寄せてお弁当を見つめる。

「直哉くんには負けるけどね。もっともっと上達しなきゃ」

「そんなことはありませんよ、すっごくお上手です。特にこの卵焼き！　芸術品のような焼き加減です！」

「へ、そう？」

「もちろん。私は料理とかからっきしですし、尊敬しますよ」

目を瞬かせる小雪に、文乃は力強くうなずいた。

「さすがは白金さん。勉強だけじゃなくて何でもできるんですねえ」

「ふ、ふふ、当然でしょ。卵焼きは一番練習したし、この私に不可能はないんだから」

小雪はふんぞり返る勢いで鼻を鳴らす。

お友達からの忌憚（きたん）なき意見をもらって、すっかり自信を取り戻せた。

その上機嫌のまま――。

「だから心して食べなさいよね、直哉くん」

「はい……？」

直哉にずいっと弁当を差し出した。

なぜか文乃がきょとんとするが、直哉は気にせずそれを受け取る。

「もちろんありがたくいただくよ。俺のもどうぞ」

「はいはい。どーも」

「……はい？」

そのまま自然な流れで弁当をトレードすると、文乃がますます目を丸くして固まった。

（あら？　二ノ宮さんったらどうしたのかしら）

小雪は首をかしげるしかない。

その間に、直哉は受け取ったばかりの弁当を見つめてへにゃっと相好を崩してみせる。

「今日も俺の好物ばっかりだなあ。卵焼きにきんぴらに……すっかり料理上手じゃん、小雪」

「ふふん、直哉くんもいいチョイスだわ。このチーズとコーン入りのコロッケ、とっても美味しいのよね……！」

先ほど話題に上がったコロッケに、小雪も目を輝かせる。

しかしふっと直哉に渋い顔を向けるのだ。

「でも……コロッケを手作りする男子高校生ってどうかと思うわ。このまえ作り方を調べたんだけど、びっくりするくらい工程が多いじゃないの」

「そりゃ面倒だよ？　でも小雪が喜んでくれるから、はりきって作っちゃうんだよなあ」

「他のおかずも私の好きなものばっかりだし……やっぱりあなた、自分の子供は際限なく甘やかすタイプだわ」

そんなことをぶちぶちぼやきつつ、小雪は手を合わせて宣言する。

「それじゃ、いただきま――」

「ちょちょちょっ、ちょっと待っていただけますか⁉」

「はい？」

そこに文乃が声を上げた。当然、小雪は目をぱちくりさせる。

文乃はごくりと喉を鳴らしてから、恐る恐る口を開いた。

「なんですか、今の」

「何って、何が？」

「今、お互いのお弁当箱を交換したように見えたのですが……」

「交換したけど……それが何？　っていうかもう食べていい？」

小雪は首をかしげつつ、コロッケに箸を伸ばす。

ぱくっと口にすると幸せが溢れ出した。

芋とコーンの甘みと、チーズの塩気と油分。カロリーを気にする女子にとっては大敵の組み合わせだが、これ以上に美味しい組み合わせなんて存在しないと思えるほど、完璧なハーモニーを奏でていた。

しばし大事にもぐもぐして、名残惜しくもごくんと飲み込む。

「うーん、やっぱり美味しいわ！　でもなんだか、前のとちょっとお味が違うかも……？」

「お、気付いたな。今回は隠し味を入れたんだよ」

「ええっ、いったい何かしら……勿体ぶらないで教えなさいよ」

「言ったら隠し味の意味がないだろ。ちょっと考えてみろって」

「ぐぬぬ……性悪め。それより私のお弁当はどうなのよ」

「うん、美味しいよ。こっちのハンバーグは初めて挑戦したわりに上手に焼けてるじゃん」

「その裏でいくつもの失敗作があったこと、直哉くんなら分かるでしょうに。やっぱり性格が悪いわ……」

「素直に褒めてるのになあ」

お互い似たようなペースでのんびり食べ進め、あーでもないこーでもないと議論する。

それを、文乃はあんぐりと口を開けたまま見つめていた。

ご自慢のカメラを構えることもすっかり忘れているようだった。

やがて彼女はぐっと拳を握り、万感の思いを叫んだ。

「もう完全に夫婦じゃないですか！」

「へ……え？」

おにぎりの梅干しが思ったより酸っぱくて口をすぼめていた小雪だが、その大声で目を瞬かせることになる。

直哉をちらっと見てから、こてんと小首をかしげる。

「夫婦って私たちのこと？　いったいどのあたりが……？」

「お互いの手作り弁当を交換する高校生カップルなんてそういません。これはもう夫婦の領域です」

「えええええっ⁉」

文乃がやけに力強く断言したものだから、小雪は裏返った悲鳴を上げた。

そのままあたふたと弁明をはじめるのだが――。

「こ、これは違うのよ。私が料理の練習中だから彼に味見してもらいたくって……！」

「それで俺もレパートリーを増やしたいから、交換してみないかって持ちかけたんだよ」

「そう！　そういうこと、なんだけど……」

セリフは尻すぼみとなり、小雪はあごに手を当ててじっと考え込んだ。

弁当トレードはかれこれ一ヶ月ほど続いていた。

最初は段取りが悪くてわたわたしていたが、今では前日に下ごしらえをするなどしてコツを摑めてきたところだ。料理の腕も上がってきたし、毎日直哉のご飯が食べられる。

つまり得しかない取引だった。

これまでそう思い込んでいたのだが……小雪はやがて顔を上げ、か細い声で文乃に尋ねる。

「ひょっとしてこれ……変なの？」

「いいえ。変ではありません」

文乃はゆっくりと嚙みしめるように首を横に振る。

そうして小雪の肩に手を置いて、きっぱりと言い切った。

「変ではなく、愛なのですよね。この二ノ宮文乃、よーく理解していますよ」

「ち、違うし……！　愛とかじゃなくて、その……ただの練習だってば！」

「それじゃあ、私がかわりに笹原くんからのお弁当をいただいても？」

「ダメに決まってるでしょ！　直哉くんのお弁当は私だけのものなんだから！」

悪戯っぽく身を乗り出してくる文乃に対し、小雪はガルルと牙を剝いた。

直哉の特製弁当を胸に抱いて死守することも忘れない。

「建前もこうなってくるとグダグダだなあ」

直哉はそれを微笑ましーく見守りながら、小雪お手製の卵焼きに舌鼓を打つのだった。

◇

こうして昼休みはつつがなく終わり、放課後となった。

三人がやって来たのは学校近くのファミレスだ。

春先ということもあってまだ日も高く、案内された窓際の席はさんさんと陽光が降り注いでぽかぽかしている。実にのんびりした雰囲気だった。

直哉はメニューを広げ、隣の小雪と相談する。

「小雪はどうする？」

「うーん、そうねえ……この桜パフェが気になるんだけど」

小雪が指さすのは、サクランボと桜アイスが盛られたパフェだ。

一番人気の限定商品らしく、他にも頼んでいる客が多い。

しかし小雪は眉をきゅっと寄せて、世紀の難問にでも挑むかのように悩むのだ。

「でもカロリーも高そうだし、夜ご飯もあるしで非常に迷うところなのよね……」

「だったら俺と半分こしようぜ。それなら問題ないだろ」

「あら、直哉くんったら気が利くじゃない。じゃあそれで」

小雪はぱっと顔を輝かせ、タッチパネルを操作する。

そのついで、正面に座る文乃へ尋ねてみるのだが――。

「二ノ宮さんはどうする？」

「そうですねえ……」

文乃はちらっとデザートの写真を見やり、そっと目を逸らした。

「私はドリンクバーだけでお願いします」

「あらそう？　お腹が減ってないんだ」

「そういうわけではないのですが……今はブラックコーヒー以外、体が受け付けなさそうなので。甘いものは遠慮しておきます」

「ふーん。だったら注文しちゃうわね」

小雪は三人分の注文をしつつ、ドリンクバーへ向かう文乃を見送った。

やがてパフェが運ばれてくる。桜アイスをひと口食べて、小雪はぱあっと顔を輝かせた。

「大当たりだわ！　うんうん、頼んでよかったー♪」

「おめでと。俺にもくれよ、あーん」

「あっ、ダメよ。今日は二ノ宮さんがいるんだから、ちゃんと自分で食べなさい」

「ちぇー、流れでいけるかと思ったのに」

「ふふん、私はちゃんと学んでいるんだから」

直哉にスプーンを手渡して小雪は不敵に笑う。

あーんなんて披露したら最後、ここぞとばかりにシャッターを切られてしまう。

小雪もしっかり学んでいるのだ。

「それで、二ノ宮さん。取材もそろそろ終わりよね、どうだった？　私たちが清い交際を続けているって分かってもらえた？」

「そうですねえ……」

文乃はブラックコーヒーをすすりながら、メモ帳をぱらりと見返す。

その目は真剣そのものだ。思わず向かい合う小雪もごくりと喉を鳴らしてしまう。

しかし文乃はメモ帳を閉じて顔を上げ、にっこりと尋ねてくる。

「ところで、これからおふたりはデートですか？」

「ふぇっ⁉」

目を丸くする小雪に、文乃は穏やかに続ける。

「さすがにお邪魔はしませんけど……どんなデートを予定しているのか、最後に聞かせていただきたいんです。せっかくですし、記事の締めくくりに使おうかと」

「で、デートとかじゃないわよ。やあね、もう」

小雪はほんのり赤くなった顔でぱたぱたと手を振る。

今日はデートというより事務的なお買い物なのだ。

それをざっくり文乃に説明すべく、口を開く。

「実は今度、直哉くんをうちに泊めることになっててね」

「……はい？」

「うちの両親が家を空ける予定なの。それで妹と夜ふたりっきりになるんだけど……ほら、女の子だけだと何かと物騒でしょ？　男の子がいてくれた方が安心だからって、来てもらうことになったの」

もちろん小雪の両親と直哉の両親、どちらも了承済みの案件だ。

四人とも『そっちの方が安全だね』と即決だった。

「それでこれから一緒に買い物に行くの。いろいろ見ながら、作る料理を相談しようかと思ってね」

「な、なるほどぉ……」

文乃は頬を引きつらせて、またそっとメモ帳を開く。

そこにざーっと文字を書き連ねていく彼女を見ていて、小雪はふとした不安に襲われた。

「……やっぱり、これも変だったりするの？」

「いえいえ、とんでもありませんよ。仲がよくて羨ましいです」

「ほんとに？」

「もちろんですとも」

文乃はやけに力強くうなずいた。

メモ帳を大事そうに懐にしまってから、にっこりと言う。

「これでよく分かりました。おふたりはキスとかそんなの関係なく、純粋に仲を深めているってことが」

「二ノ宮さん……！」

小雪はじーんとして、テーブルから身を乗り出して文乃の手をがしっと掴む。

「ありがとう……！　やっぱり持つべき者は友達よね！」

「はい。記事は任せてくださいね、とびきりいいものに仕上げてみせますから」

「もちろん！　期待してるわよ！」

小雪は満面の笑みでうなずいた。

それを横目に、直哉は「よかったなあ」なんて軽いコメントとともにパフェをぱくついていた。

◇

それから一週間後、待ちに待った大月新聞が発行された。

「な、な……何よこれぇ⁉」

文乃から受け取ったばかりのそれを教室で広げ、小雪はわなわなと震える。

そこには約束通り、大々的に自分たちの記事が掲載されていた。手をつないだり弁当を並んで食べたりする写真と合わせ、様々な煽り文句が添えられている。

曰く――。

『大魔王と白雪姫、胸焼け必須の交際模様を独自スクープ！』

『もはや完全に夫婦』

『キスを超越したイチャラブは必見！』

どこをどう読んでも『普通のカップル』なんて書かれていなかった。むしろ記事の内容はどれだけ小雪と直哉が無自覚天然にイチャイチャしているかが仔細にレポートされていて……。

そんな折、ちょうどクラスメートの女子が通りかかった。

先日の女子会で小雪に疑惑をぶつけた当人たちだ。小雪を見るなり彼女らは満面の笑みで声を掛けてくる。

「あ、噂の熟年夫婦さんだ」

「記事読んだよ、白金さん。想像以上にラブラブなんだねえ」

「なんていうか……キスなんて小さい尺度で見てた私たちが馬鹿らしくなったよ」

「これからも旦那とお幸せにね～」

そんなことを口々に言って去っていく。

みなもれなく春の日差しより温かな目をしており、それが以前以上に突き刺さった。

小雪はぷるぷる震えて、頭を抱えて叫ぶ。

「なんで⁉」

「まあ、進んだカップルだって誤解は解けたしいいんじゃないかな。うん」

隣で直哉がのほほんとコメントする。

たしかにこれで、ふたりの交際事情は白日の下に晒されることになった。

ただしそれは『キスなんて滅多にしない慎ましやかなカップルの図』からはほど遠い。

みんなの目は、一般常識を超越したUMAを見るような目だ。

「また違う色眼鏡で見られているんですけど⁉　ちょっと二ノ宮さん！　これはどういうこと⁉　私たちは普通のカップルだって言ったわよね⁉　完全に夫婦以上のナニか認定されてる

んですけど⁉」

「えっ、公平な記事を書いたまでですよ？」

文乃は悪びれることもなくのほほんと言う。

そのまま彼女はスケジュール帳を取り出して、にっこりと笑った。

「ところで今回の記事、かなり好評みたいなんです。第二、第三弾のおふたりの特集記事を企画しているんですが……次はいつごろがいいですかね？」

「未来永劫（みらいえいごう）ありません！」

小雪はぴしゃっと言ったものの、以降可愛（かわい）いペット写真をエサにちょこちょこインタビューに応じてしまい……大月新聞の一コーナーとして、卒業まで定着してしまった。

四章 まったりお泊まり会で火花散る

お待ちかねの週末がやって来て、直哉は約束通りに白金邸へとやって来た。

手土産は道中で買い求めたケーキだ。このあたりでは有名な店で、直哉が覗いたときには並んでいる客も多かったものの、無事にリクエストされた品を買い求めることができた。

玄関で出迎えてくれた小雪に、その箱を笑顔で手渡す。

「お招きありがと。これ約束のケーキな」

「どーも……」

小雪は低めのテンションでそれを受け取った。

中身を確かめることもなく、小さくため息までこぼす始末。ハードワークですり減った社会人のような疲弊ぶりだった。

靴を脱いで上がりつつ、そんな小雪にツッコミを入れる。

「暗い顔してどうしたんだよ。彼氏が泊まりに来たってのに嬉しくないのか？」

「直哉くんなら理由なんて分かりきっているでしょうが」

ギロリと睨め付ける眼力は鷹のよう。

しかしその気迫も長くは続かず、小雪は頭を抱えて苦悩する。

「この前すっぱ抜かれた新聞記事のせいで、直哉くんが泊まりに来るのを学校のみんなが知っているのよ……！　また週明けにからかわれるのは必至だから！」

「もう諦めたらいいのに」

直哉は肩をすくめて言うだけだ。

あの新聞記事が出てから、自分たちを見る目はますます生温かくなった。教師生徒問わず、みんな「仲良いなあ」とほのぼのしている。新婚夫婦というよりも、近所で有名な熟年おしどり夫婦に向けられるものに近い。

幾分くすぐったいものの、直哉はすっかり慣れてしまっていた。

他の男子から向けられるやっかみの目も、心地いいアクセントだ。

しかし、小雪はいまだに受け入れられないらしい。髪を振り乱して悶え苦しむ。

「ううう……卒業までこの羞恥プレイに耐えなきゃいけないなんてあんまりよ……！　私は前世で何かとんでもない悪事をしでかしたの……？」

「そういうことなら現世の罪じゃないかなあ。俺を骨抜きにするって悪事を働いてるわけなんだし」

「やかましい！　そういうところがムカつくのよ！」

うがーっと摑みかかって、わんわん吠える小雪である。

直哉は微笑（ほほえ）ましーく受け入れていたのだが――。

「まだうだうだ言ってるの、お姉ちゃん」

「なーん……」

冷え切ったツッコミが降りかかった。

見ればリビングから朔夜（さくや）が覗き込んでいる。

足元のすなぎもと呆（あき）れたように目配せしてから、やれやれとかぶりを振った。

「現状を受け入れなよ。なんだかんだ言いつつも、お義兄様（にいさま）が泊まりにくるのを楽しみにしていたくせに」

「は……はああ!? 楽しみになんてするわけないでしょ！」

小雪は真（ま）っ赤（か）な顔で否定して、ふんっとそっぽを向く。

「今夜はパパとママが留守だから、ボディーガードとして仕方なく呼んだだけだもの」

「最近この近所で、空き巣の被害があったんだよな？　そりゃお義父さんたちも、姉妹（しまい）だけ残すのは心配するもんなあ」

「そういうこと。お爺（じい）ちゃんも帰っちゃったしね」

ふたりの祖父、ジェームズは先日祖国に戻ったばかりだ。

死期を悟って身辺整理をしていたものの、余命診断がでっち上げだと判明したからだ。

それがしかもライバル会社の差し金だとかで、いろいろと片付けなければならない問題が山積みらしい。

「お爺さんもいろいろ大変だよな。ま、俺の親父が手を貸すみたいだし、またすぐ日本に帰ってくるんじゃないか？」

「そのつもりみたいよ。あっという間に終わりそうって連絡が来てたわ」

「あはは、平和で何よりだよ。とりあえず親父に泊まるって連絡しとくな。ちょっと報告しとくこともあるし」

ほのぼのと笑いつつ、手早くスマホで法介に向けてメールを打つ。

それを送ってから先日、ジェームズから来たメールを見せた。

「そうそう、そのお爺さんからも『孫たちをよろしく』って頼まれたよ。やっぱり気になってたみたいだな」

「最初はあれだけ直哉くんを敵視していたのに、現金なものよねえ……」

小雪は盛大なため息をこぼしてみせる。

そうかと思えばびしっと直哉に人差し指を突きつけて、居丈高に言ってのけた。

「とにかく直哉くんを呼んだのは安全のための保険なの。仕方なくなの。だから、楽しみになんてしてません」

「えー。ほんとにー？」

それに朔夜がツッコミを入れた。

口元に手を当てて、淡々と突きつけることには――。

「噂されるのが嫌なら、そもそも夏目先輩とかに頼み込んで泊めてもらえばいいはず。それをしなかったのは、みんなから囃し立てられることよりもお義兄様との泊まりを優先したからに他ならない。違うの？」

「うぐっ……だ、だって結衣ちゃんのところに泊まったら、朔夜がひとりぼっちになっちゃうでしょ。私は妹を見捨てるような薄情な姉じゃないんだから」

「あいにく、そうなったら私も友達を頼った。その逃げ道は通用しないよ」

「ううぐぐぐ……！」

妹に完全敗北を喫し、小雪は真っ赤な顔でプルプルと震える。

少し可哀想だが、これはこれでいつも通りで可愛かった。

「まあまあ、朔夜ちゃん。小雪を虐めるのはその辺にしといてくれよ」

「お義兄様は受け入れすぎだと思う。照れ隠しなのは明らかだけど、言われっぱなしで嫌じゃないの？」

「いや、だってさあ……」

直哉は頬をかいて苦笑する。

たしかに傍目から見れば、小雪から八つ当たりされているように映ることだろう。

だがしかし、直哉はしっかり幸せだった。

「小雪は昨日の夜からあちこち掃除して、俺が泊まる予定の和室の布団もしっかり干してくれたんだろ？　朝から身支度に時間をかけたし、俺が来るのを待って三十分くらい前から玄関でそわそわ待機してくれてたみたいだし……やっぱそういうのに気付いたら、愛されてるなあってしみじみしちゃってさ」

「キィーー！　そういうのは気付かないふりするのが礼儀ってものでしょうが！」

「あはは、ごめんごめん。その髪のリボンも新しいやつだよな、よく似合ってるよ」

「へ……!?　う、うう……別に、あなたのために下ろしたわけじゃないし！　ふんだ！」

胸ぐらを掴んできたかと思いきや、わたわたと髪をいじって赤くなり、そのままヤケクソのようにそっぽを向く。

一連の流れが完璧だった。

おかげでますます直哉はデレッと相好を崩してしまう。

そんなバカップルを前にして、朔夜はすっとカメラをかまえるのだった。

「やはりレベルの高いイチャイチャ。これはまた先生に良質なネタを提供できそう」

「ええい、どいつもこいつも私をネタの宝庫だと思ってぇ……！」

先日の記事をまた思い出したのか、小雪が真っ赤な顔でぷるぷる震えた。

身内にエンタメとして扱われることにはまだ納得がいかないらしい。

ともかく立ち話もなんだということで、そのあとリビングに通された。

すでにお茶の用意は万端で――直哉が一度好きだと言った茶葉なので、小雪が準備してくれたことは明らかだった――買ってきたケーキをつつきながら、三人揃ってのティータイムとなった。

直哉が椅子に座ると、さっとすなぎもが膝に乗ってくる。

「うなー」

「おお、すなぎもも出迎えありがと」

高らかに挨拶してくれたすなぎもの頭を撫でて、持ってきたお土産を進呈する。

「すなぎもにもお土産があるんだよ。はいこれ、新しいおもちゃ」

「うなん⁉」

真新しいボールを取り出せば、すなぎもの目がまん丸になった。

直哉の膝の上でボールにしばしじゃれついて、それからまたすっくと立って大きな声で鳴く。

「なんななーん！」

「ははは、礼なんていいってば。大事な友達の頼みだし、当然のことだろ」

「なーん……」

すなぎもは神妙な顔で低く鳴いて、すたっと直哉の膝から下りる。

そのまままっすぐ小雪のもとへ向かって諭すように真顔で鳴いた。

「なんななん」

「すーちゃんが真摯な目で訴えかけてくる……なんて言ってるの？」

「『いいオスを捕まえたな。逃がすんじゃないぞ』だってさ」

「うちのペットを買収しないでちょうだい！」

「なーう！」

小雪は思いっきり顔をしかめて、土産のボールをぶん投げる。

すなぎもは目をカッと見開いて猛ダッシュでそれを追いかけていった。

じゃれつく愛猫を横目に、朔夜はうんうんとうなずく。

「すなぎももすっかりお義兄様に懐いちゃったね。もう家族の一員かも」

「彼氏が気に入られるのはいいことだけど……あまりにも距離が近くて複雑だわ」

「まあこれだけ入り浸ったらなあ」

直哉は頰をかいて苦笑する。

すなぎもは最初からわりと歓迎ムードだったが、意思疎通がなんとなく図れたころからはますます距離が縮まった。そもそも毎週のように遊びに来ているのだから家族判定も当然だ。

そんなことを説明しつつ、直哉は軽く頭を下げる。

「入り浸ってはきたけど……泊まりは初めてだし、今日はお世話になります」

「ふふん、それはあなたの働き次第ね」

小雪は鼻を鳴らして不敵に笑う。

「お客様だからっておもてなしされるとは思わないことね。今日のあなたはボディーガード代わりなんだから」

「もちろん手伝いはするよ。このまえ小雪だってうちの風呂を掃除してくれたしな」

先日、いろいろあって小雪が直哉の家に泊まることになった。

あのときは風呂や夕飯の支度を手伝ってもらった。そのお返しをするときが来たというわけだ。

「とりあえず夕飯は約束通りアレな。あとで準備しようか」

「やった！　とびきり豪華にしましょうね」

「アレ？」

小首をかしげる朔夜に、小雪はどこかいたずらっぽく笑う。

「ふふふ、できてからのお楽しみよ」

「……そう。なら期待してる」

朔夜は淡々とうなずいて、そっと紅茶に口を付けた。

そうしてほうっと息を吐いてから今度は直哉の顔をうかがう。

「でもさっきの話じゃないけど、本当に私、今からでも友達の家に泊まりに行けるよ？　お邪魔じゃないの？」

「お邪魔も何も、ここは朔夜ちゃんの家だろ」

直哉は肩をすくめるばかりだ。

「義理の妹と親交を深めるいい機会だし、気にしないでくれよ。むしろ姉妹の間に俺が割り込むことの方が場違い感あるっていうか……」

「その辺はお気になさらず。推しを間近で観察できる特等席みたいなものだし」

「あなたは相変わらずよねえ」

カメラをすちゃっと構える朔夜だ。いつも通りの平常運転である。

そんな妹に、小雪は呆れたように目をすがめる。

「仮にも同世代の男の子が泊まりに来たのよ。もっと拒否反応を示すかと思ったのに」

「だってお義兄様はもう親戚みたいなものだし」

「ええ、パパとママも同じ反応だったものね……まったくうちの家族ときたら」

小雪は額を押さえて呻く。

どちらも直哉を信頼しているので即断即決だったらしい。

(いやあ、ご家族の信頼を得るのがほんと異様に順調だったもんなあ……)

朔夜から始まって、直哉は白金家の全員からあっという間に気に入られた。

今ではもうすっかり婿扱いだ。

先日結婚式もどきを上げてからは、それがますます進んだ気がする。

しみじみする直哉とは対照的に、朔夜はどこかいたずらっぽく続ける。

「それに、ふたりとも今年は受験でしょ。こうして一緒に遊べるのも後わずかだし、今のうちにたっぷり堪能しないと」

「じゅ、受験かあ……」

「うう……嫌なことを思い出させないでよ」

「事実を述べたまでです」

青くなるふたりとは対照的に、朔夜はふふんと鼻を鳴らす。

先日高校二年生になったばかりなので、朔夜にとっては受検など遠い未来のことなのだろう。

当事者の直哉と小雪にはそうもいかない。

げんなりと顔を見合わせて、ふたり同時にため息をこぼす。

「たしかに、今年はあんまりデートもできないだろうなあ」

「夏期講習があるし、プールも海もお祭りにも行けないかもね……ほんっと空虚な年になりそうだわ」

「優等生の小雪でも、勉強漬けはやっぱり嫌なんだな」

「そんなの当たり前でしょ。はーあ……結衣ちゃんたちとの女子会も頻度が減りそうだわ」

しょんぼりと肩を落とす小雪である。

最近になって女子たちの輪に入れてとても喜んでいた。その矢先に受験という試練が立ちはだかるのだから、余計に気が重いらしい。

直哉も直哉で当然思うところはある。せっかく両思いとなった彼女と青春できなくなるのは残念だし、合格へのプレッシャーもひしひしと感じるところ。

直哉は大きくため息をこぼしてから、朔夜にちくりとやっておく。

「そういう朔夜ちゃんも来年は当事者だからな。覚悟しておけよ」

「心得ています。ところで、そんなお義兄様はどこを受験するの？」

「あれ、教えてなかったっけ？」

とはいえ志望校を確定させたのは最近だ。

自分としてはかなり悩んだし、担任からはかなり頑張らないと厳しいとまで言われている。

それでも腹は決めていた。だから直哉はいっそ堂々とその言葉を口にした。

「小雪と同じ大学だよ」

「へ」

朔夜が珍しく目を丸くした。

その反応に、直哉はぎくりとする。

（あ、まずい流れになる……）

たったそれだけのわずかな反応に、この先の展開が嫌というほどに読めてしまった。

しかし口から出した言葉はもう戻せない。

直哉がドギマギするのもおかまいなしで、朔夜はおずおずと質問を投げかける。

「お姉ちゃんと同じところって……隣の県の、Ａ大学……？」

「それがどうかしたの？」

平常心なのは小雪だけだった。

きょとんと首をかしげる姉へ、朔夜は少し口ごもってから続ける。

「だって、お義兄様の成績って学年でも上の下くらいでしょ？　ちょっと厳しいラインなんじゃないかと思って」

「どストレートな事実をぶつけてくるなあ……」

直哉はがっくりと肩を落とすしかなかった。

ふたりが志望するのは、隣の県の大学だ。多くの学部を包括しており、施設もサークル活動も充実している。興味のある分野を学ぶにはとてもいい環境なのだ。

ただしその分、近隣ではトップレベルの偏差値が要求される。

学年成績一位の小雪は十分合格圏内。

一方で、直哉には少し厳しいラインだ。

「確かに目標は遠いけどさ。親父とお袋（ふくろ）があそこの卒業生で、ずっと話を聞いていたんだよ」

両親はあの大学で出会って、紆余曲折（うよきょくせつ）を経て結婚した。

大学での思い出話をよく聞かされて育ったため、漠然（ばくぜん）とした憧（あこが）れがあったのだ。

それと将来の目標も漠然と決まっていた。

「で、俺は将来いろんな人と出会える仕事に就きたいんだ。あそこの大学は留学生も多いみたいだし、まず見聞を広めるのもありだと思ってさ」

法介のように、世界中を飛び回るサラリーマンもありかもしれない。

かつて厭世的だった自分からは考えられない夢だ。

直哉はちらりと隣の小雪をうかがう。

「それもこれも、小雪と出会って『人って面白い……！』ってなったのがきっかけなんだよな。ありがとな、小雪」

「やっぱりこの大魔王を解き放ったのは私だったのね……」

小雪は神妙な面持ちでため息をこぼす。

しかしすぐにぐっと拳を握って、意気込みを語るのだ。

「ちなみに私はあそこの心理学部志望よ。これまでずっと直哉くんにやられっぱなしだったけど、きちんと勉強すれば一矢報いることができるはずなんだから！」

「彼氏の対処法を学びに行くのかよ」

「そうじゃないと手に余るんですもの。まあでも……あなたのことがなくても、興味のある分野だったのは確かだけどね」

小雪はごほんと咳払いして、もじもじと指をすり合わせながら言う。

「私ってば素直じゃなくて、いろいろ苦労もしたし、人に迷惑もかけたし……だから同じように悩んでる子の力になりたいの。そのためにも心の勉強をしに行くのよ」

　小雪はもともと自分のことが好きではなかった。その経験があるからこそ、同じような悩みを抱える仲間に手を差し伸べたい。それが、今の小雪の夢だった。

　まっすぐな言葉からはひたむきな思いがありありと読み取れた。

「ふたりとも、しっかり目標があるんだね……」

　それに朔夜がぽつりとこぼした。

　嘆息（たんそく）するような、驚いたような、そんな語調だった。しばらく何かを考え込むようにしてじっと俯（うつむ）いていたが、ふと気になったとばかりに首をかしげる。

「でも、お姉ちゃんの成績ならもっと上の大学を目指せたんじゃないの？　お義兄様に合わせたの？」

「違うわよ。大学はどこに行くかじゃなくて、何を勉強したいかで選ぶべきなんだから」

　小雪はちっちと指を振る。

　成績優秀ゆえ、進学先はよりどりみどり。そのためずいぶんと進路に悩んだようだった。

「あんまり家から離れたら気軽に帰って来れないし、このくらいがちょうどいいかと思ったのよ。それに、私の成績なら頑張れば首席合格もいけるかもだし」

「俺にとっては雲の上の話だなあ……」

なんとか滑り込みでも合格しようともがいている直哉とは対照的だ。

格差の残酷さを噛み締めつつ、直哉は冗談めかして言う。

「まあともかくそういうわけで、お互いがお互いの進路にも影響を与えちゃったってわけなんだよ。な、小雪」

「そうなるわね。まったく因果なものだわ」

直哉は小雪と出会ったことで、人と付き合うことの楽しさを知った。

小雪は直哉と出会ったことで、人は変われることを知った。

それ故の進路決定だった。何が起こるか人生分かったものではない。

「だったら……」

朔夜がごくりと喉を鳴らす。

真正面に座るふたりの顔を交互にじーっと見つめてから、妙な圧を持ってして切り出した。

「大学に入ったら、すぐにふたりで同棲するの？」

「…………はい？」

その瞬間、小雪がピシッと凍りついた。

しばし白金邸のリビングに重い沈黙が訪れる。聞こえるのはすなぎもがボールでハッスルする足音だけだ。やがて疲れたのか、すなぎもはピタッと動きを止めて「なん」と鳴いた。

その瞬間――。

「ど、どどど同棲ぃ⁉」

「なうん⁉」

弾(はじ)かれたように小雪が立ち上がり、驚いたすなぎもがリビングから脱兎(だっと)のごとく逃げていった。

小雪は真っ赤な顔でわなわなと震えるばかり。

そんな姉へ、朔夜は淡々と追い討(う)ちをかける。

「あれ、違うの？　なら、即結婚？」

「っっっ、どっちもしません！」

小雪は思いっきり言葉に詰まってから、荒々しく宣言して腰を下ろす。

紅茶のカップにスプーンを突っ込んでかき回しながら、ぷんぷんと続けた。

「まったく何をバカなことを言い出すのよ。たしかにちょっと家から遠いから、下宿することになるとは思うけど……」

往復の通学時間を考えると、大学近くに部屋を借りて一人暮らしするしかない。

直哉もまったく同じ状況だ。

「だからって即同棲なんて、破廉恥(はれんち)にもほどがあるでしょ。大学には勉強しに行くんだから、そんな浮ついた気持ちでいていいわけがないわ」

小雪はぶつぶつとぼやく。

言っていることは正論だが、頬がほんのり赤いままで内心（同棲……同棲かあ……）とそわそわしているのは明白だった。

やがて落ち着かなくなったのか、隣の直哉に話を振ってくる。

「ねえ、直哉くんもそう思うわよね」

「えっ」

それに直哉の肩がびくりと跳ねた。

聞かれることは分かりきっていたのだが、それでも平常心ではいられなかったのだ。あちこちに視線をさまよわせて、しどろもどろで曖昧（あいまい）にうなずく。

「あ、ああうん、そうだな……」

「うん……？」

当然、小雪は訝（いぶか）しんだ。

思いっきり眉（まゆ）をひそめ、鷹（たか）のような目でじっと見つめてくる。

「まさかとは思うけど、直哉くん……あなた……大学に入ったら、私と同棲したいとか思ってるわけ？」

「まあその、そういうことも考えてみたり、みなかったり……」

「バカなの!?」

渾身（こんしん）のツッコミだった。

戻ってきてそーっとリビングを覗き込んでいたすなぎもがまた逃げた。

小雪の顔色は赤を通り越して紫色だ。その勢いのまま、直哉の胸ぐらを摑んで揺さぶってくる。

「あなたは大学進学を何だと思っているのよ！　破廉恥どころか人道にもとるわ！」

「違うって！　下心も否定しないけど……ただただ心配なんだよ！」

小雪との幸せな結婚生活のため、婚約までこぎ着けた男だ。

当然、同棲には興味ありありだった。おはようからお休みまでを見守って、行ってらっしゃいとお帰りなさいを言ってもらえる。どう考えても幸せでしかない。

しかし、同棲を望む理由はそればかりではなかった。

「あのな、考えてもみろよ。小雪はひとり暮らしがどんなものか分かってるのか？」

「そ、そんなの当然知ってるわよ。大変だろうってこともね」

「そう。大変なんだ。家事は全部やらなきゃいけないし、お金のやりくりも大変だ。でも、問題はそれだけじゃない」

実際、直哉もひとり暮らしを始めた当初は混乱の連続だった。

掃除に洗濯、買い出しからの食事作り……それまで親の手伝いで慣れていたはずのあれこれが、いざひとりで全て請け負うとなってひどく慌てた。

たしかにそれもひとり暮らしの試練だ。

ただし、小雪の場合はさらなる問題が浮上してくる。

「大学生にもなったら帰りが遅くなることもあるはずだろ。ひとりっきりで暗い夜道を歩いてきて、誰もいない部屋に帰るの……いろんな危険が潜んでいるとは思わないか？」

「うっ……それはちょっと怖いかも」

小雪の顔がさーっと曇る。

女性のひとり暮らしには防犯が欠かせない。それだけ犯罪が身近だということだ。

そんな環境に小雪を置くなんて、直哉は我慢がならない。

「あと、ひとり暮らしって当然ずっとひとりなんだ。雑談に応じてくれる家族も、もふらせてくれる猫もいないんだぞ。そんなの小雪に耐えられるのか？」

「さ、さびしい……！」

小雪は呻くように言う。ガーンとショックを受けたようだった。

両親とは仲良しだし、家にはだいたい妹もすなぎももいる。つまり、家でひとりの寂しさに慣れていないのだ。直哉の読みは当たったようで、小雪は真っ青な顔で震える。

分かってくれて何よりだった。直哉はうんうんとうなずく。

「そういう意味で小雪の一人暮らしは心配なんだよ。だったら俺が側にいて守ってやりたい。分かってくれたか？」

「うう、それは分かったけど……同棲……同棲はちょっと……でも怖くて寂しいのは嫌だしなあ……」


小雪はしばし難しい顔で考え込んだ。

完全なひとり暮らしには不安が残る。しかし直哉と同棲するのは恥ずかしい。

そんな葛藤の末、小雪はとある結論を絞り出した。

「やっぱり同棲はダメ。そのかわり、直哉くんが私の近くに住みなさい」

「うん、正直俺もその辺で手を打つかと思ってたよ」

さすがの両親らも、ボディーガードとして一泊することは認めても同棲までは納得しまい。

ならばなるべく近くに住むくらいが妥当だろう。それなら帰りが遅い夜には迎えに行けるし、何かあったらすぐに駆けつけることができる。

直哉はからっと笑って言う。

「ゴキブリが出たら喜んで退治しに行ってやるからな」

「あら、言ったわね？　深夜だろうと容赦なく呼びつけてやるんだから」

小雪もまたニヤリと返してみせた。折衷案で不安もいっぺんに吹き飛んだらしい。

ニコニコしながら妹に話を振る。

「これまではずっと朔夜に頼んでいたけど、来年からは直哉くんが何とかしてくれるわね」

「……お義兄様が受かったらね」

「確かにそうだわ。ちゃんと合格しなさいよね、今だって私が勉強を見てあげてるんだから」

「肝に銘じます……」

小雪はキリッとして直哉に言いつける。

たしかに朔夜の言うことももっともだ。受からなければ、近所に住むどころかキャンパスライフすら実現しない。

直哉は胃がキリキリした。

ただしその原因は受験のプレッシャーばかりではない。

（朔夜ちゃん、あからさまにテンションが落ちたな……）

ふたりが同じ大学を目指していると知ってからだ。

朔夜の眉には数ミリのしわが刻まれているし、目はかすかに淀んでいる。

幾分ムスッとしたような表情だ。しかしそれが彼女にとって、人生最大の衝撃を受けたときの苛立ちの表情なのだと、直哉はちゃんと察していた。

おかげでリビングの空気は冷えに冷えていく。

異変に気付かないのは小雪だけだ。

「大学かあ。どんな友達ができるのか、今から楽しみね！」

どこかワクワクと新たな生活へと思いを馳せつつ、ケーキの最後のイチゴを口へと放り込む。

ちらっと時計を見ればお昼過ぎ。まだ夕飯の準備を進めるには早い時間だ。

小雪は手を叩いてきびきびと指示を出す。

「よし、そのためには勉強会が必要ね。私たちはリビングを片付けるから、直哉くんにはお風呂掃除をお任せするわね！　それが終わったらビシバシいくわよ！」

「お、おう。分かったよ」

おずおずとうなずく直哉のことを、朔夜は無言のままでじっと見つめていた。

白金邸のお風呂は、豪華な檜(ひのき)風呂だった。

床は大理石だし、大きなガラスの向こうには古風な坪庭(つぼにわ)が広がっている。日本文化に傾倒しているハワードが特注したと聞いていたが、実際に見るのは初めてだった。

「旅館の風呂だぁ……」

お金持ちパワーに圧倒されつつ、直哉は洗剤を振りかけてスポンジで擦(こす)る。

風呂の豪華さを前にしてそわそわしたし、小雪の使っているシャンプーが置かれていて、必然的に入浴シーンが脳内再生された。気が散る要素が多すぎる。

その上、気がかりなのは朔夜のことだった。

彼女の心情など手に取るように分かる。

（朔夜ちゃんをモヤモヤさせちゃって悪いなあ……）

複雑な心情を、洗剤と一緒に洗い流そうとする。

しかし排水溝に吸い込まれる泡を見届けても、直哉の心は晴れないままだった。

ため息まじりにリビングへと戻りつつ、メールを確認。すると先ほど法介に送った返事がもう届いていた。

『了解。そっちは任せてくれていいから、小雪さんたちと気を付けてね』

『ありがと。後はよろしく』

そんな簡素なメールに、手早くお礼のメールを送っておく。

そうしてリビングに足を踏み入れた、その途端。

「きゃー！　懐（なつ）かしい！」

「へ？」

小雪の歓声が出迎えてくれた。

何かと思って見てみれば、姉妹でアルバムを広げていた。テーブルには分厚い冊子が積み重なっており、それらすべてにハワードの筆跡で年月日が記載されている。マメな彼らしい。

直哉は苦笑しつつ姉妹の輪に加わった。

「片付けてから勉強するんじゃなかったのかよ」

「あら、息抜きだって大事でしょ。直哉くんも見ていいわよ」

小雪は澄ました顔で言う。

お言葉に甘えてアルバムを覗き込めば、幼い小雪が写っていた。

生まれたばかりの赤ん坊がすやすやと眠っていて、その顔を覗き込んでいる微笑ましいシーンだ。幼い小雪は幸せそうに顔を綻ばせていて、赤ん坊の頬をつんつんしている。

小雪はニコニコと続けた。

「朔夜が引っ張り出してきたのよ。珍しいこともあったものだわ」

「へえ……朔夜ちゃんがね……」

「うん。久々に見たら懐かしくなってつい」

朔夜は淡々とうなずいた。

いつも通りの無表情だが、その視線に直哉は微少な棘のようなものを感じた。

気付かないふりをして曖昧に笑えば、小雪がほっこりと相好を崩す。

「たしか朔夜と初めて会った日よね。あんまり覚えてないけど『赤ちゃんがうちに来た！』ってすっごく嬉しかったんだから」

「お姉ちゃん、四六時中私に構っていたって聞くよ」

「そうそう。だからこのころの写真は、ずっと一緒に写っているのよね」

他の写真でも、小雪は赤ん坊の朔夜をつんつんしたり、抱っこしようとしたりしてべったりだった。両親もそんなふたりに目を細めていて、なんとも仲睦まじい家族アルバムだった。

そのついでとばかりに、もう一冊のアルバムを広げて姉へと差し出す。

「ほら、お姉ちゃん。こっちも見てみて」

「わっ、こっちは十年くらい前ね」

小雪は目を輝かせてアルバムを受け取る。

そちらは少し年月が経過して、姉妹は幼稚園くらいの年頃になっていた。

お揃いの真っ白いワンピースを着ていて、ぱっと見れば双子のようだ。

それでも片方はご機嫌の笑顔でVサインを決めていて、もう片方は無表情で片割れをじっと見つめているので、どちらが小雪で朔夜なのかとても分かりやすかった。

背景には澄み切った青空と、白い砂浜が写っている。

「しっかり覚えてるわよ、みんなで沖縄に行ったときよね」

「そうそう。お姉ちゃんってば、沖縄の海にはイルカとかウミガメがたくさんいるものだと思ってたから、いざ海に行っても見当たらなくて泣いたんだよね」

「あんたは無駄なことばっかり覚えちゃってまあ……」

「忘れようと思っても忘れないよ」

渋い顔をする小雪に、朔夜は軽くうなずく。

そうして姉ではなく直哉を真っ正面から見据えつつ、淡々と静かに告げた。

「私が生まれてから十六年、ずっとお姉ちゃんをそばで見守ってきたんだもの。お姉ちゃんのことは私が一番よく知ってるよ」

「何を当たり前のことを言い出すの？」

小雪はきょとんと首をかしげるばかりだった。

意図を察した直哉は、だらだらと冷や汗を掻くしかない。

（ま、マウントを取られている……！）

どこからどう見ても直哉に対する宣戦布告だった。

ふたりの志望大学が同じだと知ってから、朔夜の表情が曇った。

その原因は明確だった。

（朔夜ちゃん、やっぱり俺に嫉妬してるな？　思ったより早く小雪を取られそうだから……）

小雪と直哉のことはもちろん応援している。

しかし、結婚するのはもっと先。それまでは妹として一緒にいられる……そう思っていたのに、あと一年足らずで姉と直哉はふたりの新生活を始めてしまうことに気付いてしまった。

姉を取られると感じても仕方のないことだ。

その理屈も、朔夜の気持ちも十分に分かる。

彼女から大事な姉を奪うことになるのは本当のことだからだ。

（まあ正直、いつかこうなるとは思ってたけどな……）

朔夜は筋金入りのシスコンだ。

直哉を認めてくれたのは、ひとえに小雪の幸せを願ったからに過ぎない。

それと、家族でいつも一緒という心の余裕があったからだ。そのアドバンテージが崩れるとなれば彼女の気持ちも揺らぐに決まっている。

大きな危機に、直哉は小さく吐息をこぼすだけだ。

（ここでムキになるのは大人げないな。さらっと流すのが男ってもんだろ）

朔夜なら、後でちゃんと話せば分かってくれるはずだ。

しかしそんな決意を固める間も、彼女はじーっと直哉のことを見つめていた。

リビングにはいつの間にかすなぎもが戻ってきていたが、飼い主たちの間に流れるピリピリした空気を察したらしく、微妙に距離を保って観察に徹していた。

もちろん小雪がそんな異変に気付く由もない。

アルバムをあれこれ開いては弾んだ声を上げる。

「あら、こっちは小学生のころね」

「すなぎもを拾ったときだね」

朔夜はそれを覗き込み、うんうんとうなずく。

アルバムに貼られていたのは痩せ細った猫の写真だ。目付きがやけに鋭くて、毛並みも悪くて毛玉だらけ。こう言ってはなんだが、ずいぶんとみすぼらしい見た目である。

それでもかすかに、今のすなぎもの面影があった。

「たしか、すなぎもも捨て猫だったんだよな」

「そうそう。こんな感じのガリガリのひょろひょろで、今にも死んじゃいそうだったんだから」

ある日姉妹で遊びに出かけた際、薄汚れた段ボールを発見した。

ガサゴソと音がするその箱を開けてみれば、中にいたのは一匹の子猫で。ご丁寧にも『どなたか拾ってください』の文字も添えられていた。

子猫は警戒心を露(あら)わに唸(うな)り続け、小さいながらに猛獣のようだったという。

朔夜は小さく吐息をこぼす。

「私は怖くて近づけなかった。でも……お姉ちゃんは違ったよね」

小雪はそんな子猫に手を差し伸べて、迷わず家に連れ帰った。

両親を説得して動物病院に連れて行き、それからずっと寝る間も惜しんで世話をした。

その結果、すなぎもはすくすくと大きくなって今がある。

朔夜は小雪の顔をうかがって、囁(ささや)くように言う。

「あのとき、お姉ちゃんは本当にすごいと思ったんだよ」

「そ、そんなことないわよ。すーちゃんがいい子だっただけだもの」

小雪は照れ隠しでつーんとしつつ、すなぎもへと呼びかける。

「ねー、すーちゃん？」

「なうん？」

すなぎもはひと声鳴いて小雪の膝に乗り、おとなしく腹を出す。

大きな信頼感がありありと伝わる光景だ。

そんな愛猫を撫でくり回しながら、小雪はデレデレと言う。

「で、パパがおつまみで食べてた砂肝チップスを執拗に狙っていたから、すなぎもって名付けたのよね。我ながらとんでもなく可愛い名前だと今でも思うわ」

「さすがはお姉ちゃん。目の付け所がアメージング」

「そ、そうだな……すごいよな、小雪は」

これまでずっとスルーしてきた謎のネーミングセンスなので、ここでも直哉は愛想笑いで済ましておいた。すなぎもは気に入っているのか「なーん」と相槌を打つだけだ。

(子供の名前はしっかり相談して決めよう……うん)

気の早い焦燥感は、そっと胸の内にしまっておいた。

直哉が黙り込む中で、朔夜は小雪の目をまっすぐ見つめて言う。

「だから私はお姉ちゃんが大好きなの。私にはないものをたくさん持っているから」

「え、ええ、急に何よぉ……今日はずいぶんぐいぐいくるじゃない」

「たまにはいいでしょ」

オロオロする小雪に、朔夜はこてんと寄りかかる。

そのまま上目遣いで甘えるような声で言うことには——。

「私はお姉ちゃんの妹で幸せなんだよ。たったふたりの姉妹だし、これからもずっと仲良くしてね？」

「朔夜……！」

そのあざといまでの妹仕草に、小雪は一発KOされた。

ひしっと朔夜を抱きしめて頬ずりする。

「私もあなたが妹でよかったわ！　大好き！」

「ありがとう。私も大好きだよー」

無無表情のまま、両手でVサインをしてみせる朔夜だった。

あからさまな勝利宣言だ。

「あはは……ふたりとも仲がいいなあ……」

姉妹愛を前にして、疎外感が凄まじかった。直哉は引きつった笑顔を浮かべるしかない。

ここまで見せつけられると、ムクムクと対抗心が湧いてくるのが人間というものだ。

何しろ直哉も朔夜に負けず劣らず、小雪のことが大好きなので。

大人げないかと思いつつも、テーブルに広げられたアルバムをめくる。

そこには十歳くらいの姉妹の写真が並んでいた。

「やっぱりふたりともどんな時代も可愛いな。美人姉妹だ」

「ふふん、私と朔夜なんだから当然でしょ」

小雪は鼻高々とばかりに胸を張る。

実際、ふたりともとても可愛かった。

今度の写真はどこかの観光地で、わんわん泣く小雪に朔夜がそっとハンカチを差し出している場面だった。それを指さして、直哉はにこやかに言う。

「このときの小雪、まわりに雪がないからって泣いたんだろ。夏でも北海道には雪が降るって思い込んでたから」

「うげっ⁉　なんで分かるのよ⁉」

「なんとなく？」

背景から場所は推理できたし、小雪の思考回路なら幼い頃だろうと余裕で読める。

そんなことをさらっと告げつつ、小雪に抱きしめられたままの朔夜へとにっこりと笑いかけた。

「俺の知らない小雪を、朔夜ちゃんは知っている。でも俺は過去も現在も未来も、どんな小雪も知ることができるんだ」

「ふーん……なかなかやるね、お義兄様」

朔夜も朔夜で薄く微笑んでみせた。

ふたりの間にバチバチと青白い火花が飛ぶ。

おかげですなぎもがハラハラしたように「なーん……」と身じろいだ。

「えっ、ちょっとごめんなさい。なんだかいい感じの話にしようとしてるけど……今のはシンプルに怖いんだけど？」

小雪は引き気味でぼやくばかりだった。

こうして売られた喧嘩(けんか)を買う形で、直哉と朔夜による静かな戦いが始まった。

夕飯は三人でチーズフォンデュをした。いろいろな具材をホットプレートで焼いてチーズソースに絡めて食べる形式で、ちょっとしたパーティメニューだ。

企画立案は小雪。素材の下ごしらえは三人で取りかかった。

ジュースも開けたりして、三人和気あいあいと食べ進めたのだが――。

「ほら小雪、次はウィンナーが食べたいだろ。予想して焼いておいたからどうぞ」

「お姉ちゃん。こっちのジャガイモもほくほくで美味(おい)しいよ」

「いや、勝手に食べるけど……ふたりとも、私のことを幼稚園児か何かだと思ってる？」

ふたりがやけに世話を焼いたので、小雪は首をひねっていた。

後片付けを終えてから、姉妹は仲良く一緒に風呂に入った。

「久々にお姉ちゃんと入った。楽しかった」

「はいはい、背中流してくれてありがとね。で……直哉くんは何をスタンバってるわけ？」

「さすがに風呂の中でお世話はできないから……せめてドライヤーの世話をさせてもらおうかと。さあ来い、小雪！」

「何？　やたらと世話を焼いてくるけど、今日はそういう日なの？」

ひたすらもてなすふたりに対し、ますます小雪は訝しんだ。

それから夜になって三人は和室に集まることとなった。

先日までジェームズが使っていた客間である。こちらもハワードの好みが如実に反映されているようで旅館の一室のようだった。床の間には掛け軸が飾られている。

そこに三人分の布団を敷いて就寝準備は完成した。

小雪はその真ん中にごろんと寝転がって、左右を交互に見やる。

「ふたりとも、今日はなんだか妙に甘えん坊ね？」

「あはは、朔夜ちゃんほどじゃないかなあ」

「うん。お義兄様ほどじゃないよ」

真ん中に小雪。その両隣を直哉と朔夜ががっちり固める鉄壁の布陣だ。

ふたりとも、いまだにバチバチやっていた。すなぎもはすでに慣れたのか小雪の布団に潜り込んですやすや寝息を立てている。

小雪は冷えた空気にも気付くことなく、いたずらっぽく笑う。

「でもこういうのって、ラブコメではありがちな展開かもね」

「ありがちな展開って？」

「ほら、正ヒロインの家にお泊まりに行くんだけど、そこでヒロインの妹からも迫られて惹かれてしまう主人公……みたいなの。どう？」

「ないね」

「ないな」

「そ、即答……分かってはいたけどね」

真顔のふたりに、小雪はたじろぐばかりだった。

そうかと思えばムッとして、隣の布団に転がった直哉の頬をむにーっとつまんでくる。

「うちの妹の何が不満だっていうのよ。こんなに可愛くて気遣いができて……たまに暴走気味だけど、ともかくこんないい子はいないっていうのに」

「そんな切り口で彼氏に説教するなよ」

褒められこそしても、怒られる謂われはないと思う。

直哉は頬をむにむにされたまま、きっぱりと言い切る。

「俺が小雪以外の女の子に興味が湧くわけないだろ。朔夜ちゃんは義理とはいえ妹なんだし、ますます手を出すかっての」

「私も似たようなもの。お義兄様はどう考えても恋愛対象外。だって面倒臭いもの」

「はあ……どっちも似たもの同士ってわけね」

小雪は呆れたようにため息をこぼし、ニコニコと笑う。

「でも嬉しいわ。私の好きなひとたちには、仲良くしててほしいから」

「……」

「……」

それに、直哉も朔夜も口ごもることしかできなかった。

（今日一日、仲良くしたといったら仲良くしたけどなあ……）

水面下では小雪を巡って争っていたわけだ。小雪が気付いたら呆れるだろう。

そんなもやもやを互いに抱えていると——。

ドサッ、ガサガサ！

窓の外——表通りから突然物音が響いた。そのあと怒号がいくつも続いて、一気に外が騒然とする。これには日頃冷静な朔夜も肝を冷やしたようで、ハッとして布団から身を起こす。

「なっ、何……？」

「だ、大丈夫よ、朔夜！　お姉ちゃんが守ってあげるからね！」

そんな妹のことを小雪がひしと抱きしめた。

怯える姉妹に反し、直哉は落ち着き払ってちらっと時計を見上げる。

「ああ、もうそんな時間か」

時刻は夜中の十二時を少し回ったころ。

予想通りの展開だった。顔を強張らせた小雪と朔夜に、直哉はぱたぱたと手を振る。

「怖がらなくていいぞ、ふたりとも。例の空き巣が捕まっただけだから」

「はい……？」

姉妹はそろって目を瞬かせる。

無言のままそっと顔を見合わせて、小雪が代表するようにおずおずと口を開いた。

「空き巣って、このまえ近所のお家が被害を受けたあれ……？」

「そうそう。今日ここに来る途中で、たまたま犯人を見つけちゃってさ」

「はい……？」

男は通行人を装っていたものの、直哉の目は誤魔化せなかった。

次の獲物を物色しているようだったので、こっそり動向をうかがっておいたのだ。

「で、どこをいつ狙うつもりなのかが読めたから、親父に連絡しておいたんだよ。あのひと警察にもツテがあるから、かわりに通報してくれたんだ」

「それで警察の人たちが張り込みしてたってわけ……？」

「うん。親父のタレコミは百発百中だから信頼されてるんだよなあ」

実際、法介は何度も警察から感謝状をもらっている。

直哉が直接通報するよりも話が早いのだ。

「親父に対処を投げることになって情けないけど、小雪たちの安全には代えられないし。そういうわけだから安心してくれよ」

「……直哉くんは警備会社か何かなの？」

「ただの善良な市民だっての」

ジト目の小雪に、直哉は平然と言ってのけた。

そのまま居住まいを正して、ぽかんとしたままの朔夜に語りかける。

「そういうわけだからさ、朔夜ちゃん」

「何……？」

朔夜はぴくりと眉を寄せる。どこか拗ねた子供のようなピリピリした雰囲気が醸し出される
が、直哉はおかまいなしで続けた。

「これまできみが小雪を大事にしてくれたのと同じくらい、俺も小雪を大切にする。どんな脅威だって排除してみせるよ。だから改めて……俺を認めてほしい」

「……そう」

小さく息を吐いてから、朔夜は抱き付く小雪からそっと離れる。

そうしてかぶりを振って、かすかな笑みを浮かべてみせた。

「分かっていたけど、やっぱりお義兄様には負けるね」

「負けとか勝ちとかないだろ。小雪のことが大好きなのは一緒なんだから」

「そうね。でも、覚悟は見させてもらった」

朔夜は力強くうなずいて、そっと右手を差し出してくる。

「お義兄様になら、お姉ちゃんを安心して任せられる。よろしくお願いします」

「ああ。全力を尽くすよ」

「……張り合ってごめんね？」

「あはは、それはお互い様だろ」

直哉がその手を握り返せば、朔夜は申し訳なさそうに苦笑した。彼女にしては珍しい表情だったので、直哉もまた笑ってしまう。

バチバチと飛んでいた火花もすっと引っ込んで、元通りのふたりとなった。

「直哉くんと朔夜は、いったい何を分かり合っているのかしら……？」

「なーん……」

小雪は首をかしげつつ、寝惚けたすなぎもをもふっていた。

五章
煩悩まみれの新生活

じわっとした熱気に包まれたその日、昼からの授業が突然の休講となった。

他に用事もなかったし、バイトも今日は休みだ。そのため直哉(なおや)はまっすぐ自宅へと戻った。

大学から十分ほど歩けばなんの変哲もない住宅街にたどり着き、やがて三階建てのアパートが見えてくる。建物の築年数はそれなりで、外壁は日に焼けてくすんでいる。

ワンルームの学生用アパートだ。

手狭ではあるものの家賃も安いしスーパーも近いしで、わりかし掘り出し物の物件だった。このあたりは静かな環境だし、ますます言うことがない。

「ただ、めちゃくちゃ暑いんだよなあ……」

直哉はがっくりと肩を落としつつ、アスファルトの階段を上がる。

実家から特急で二時間という隣県だが、こちらは盆地のせいか湿気と熱気が段違いに感じられた。大学から歩いてきただけでTシャツは汗でぐっしょり濡(ぬ)れている。

自分の部屋の鍵(かぎ)を開けて、直哉はひと声かける。

「ただいまー」

「おかえりなさーい」

ひとり暮らしの虚しい独り言。

それに、当たり前のように返事がかえってきた。

部屋の間取りは玄関を開けてすぐ右手に小さめのキッチン。左手にバストイレ。そこからまっすぐ進めば扉があって、それを開けば居住スペースとなっている。

直哉は靴を脱いで中扉を開く。

すると、六畳ほどの小さな部屋が出迎えてくれた。

家具はベッドにテレビ、こたつ机。あとは小さなカラーボックスくらいのものだ。カーテンやラグは量販店のものだし、面白(おもしろ)みのない光景である。

ただしクーラーが全力稼働中で、灼熱(しゃくねつ)地獄のような屋外と比べれば天国のようだった。

おまけにもうひとつ、部屋をぱっと明るくしてくれる存在がいた。

小雪(こゆき)である。

「何よ、授業があるんじゃなかったの?」

机に向かいつつ、家主であるはずの直哉へと鋭い視線を向けてくる。

夏らしくホットパンツにシャツというラフな格好で、髪をひとつにまとめてアップにしていた。すらりと伸びた手足とうなじの白さがまぶしい。

思わず直哉はごくりと喉(のど)を鳴らしてしまう。

そんなことにも気付かずに、小雪はちくちくとお小言を続けた。

「入学してまだ三ヶ月しか経っていないのにもうサボり？　単位を落としても面倒を見てあげないんだからね」

「違うって。次の授業が休講になったんだよ」

「あら、そうだったの？」

小雪は少しばかり目を丸くして、肩をすくめてみせる。

「だったら災難ね、せっかく大学に行ったのに」

「まったくだ。とりあえず汗だくだし、着替えてくるよ」

「はいはい。ああ、さっき買い物してきたから。冷蔵庫の中身を見ておいて」

「助かるよ。お金は――」

「このくらい出させてちょうだい。クーラーも使わせてもらってるしね」

ひらりと手を振って、小雪はシャーペンを手に取る。

こたつ机の上には本とノートが広げられていた。どうやら真面目に勉強中だったらしい。

本に視線を落としつつ、小雪はこともなげに言う。

「麦茶も冷やしておいたから飲みなさいよね。熱中症になるわよ」

「……ありがと」

直哉はそれに素直にうなずいた。

キッチン側に移動して、冷蔵庫を開く。

出ていく前にはほとんどすっからかんだったその中には、野菜や肉などが詰め込まれていた。

おまけに流しを見れば、ピカピカになった皿が水切りに立てかけられていた。昼にふたりで焼きそばを食べて、直哉は授業があるからとそれを放置して出たはずだった。

はー……と大きく息を吐き、直哉はぽつりとこぼす。

「ほぼほぼ同棲（どうせい）なんだよなあ……」

「何か言ったー？」

「いいや何にも。夜も食ってくか？」

「いいわね。カレーでも作ってあげましょうか？」

小雪は机からそっと顔を上げ、ふんわりと笑った。

高校三年の一年間はあっという間に過ぎ去った。

朔夜（さくや）と話したとおり、直哉たちは夏あたりから受験勉強に精を出すこととなり、本試験までめまぐるしい日々を送った。毎日毎日勉強に次ぐ勉強で、そのくせ勉強すればするほど力不足を痛感して不安に胃を痛めることになったりと……ともかくいろいろ大変だった。

それでもその結果、小雪は志望大学にトップ合格。

直哉はなんとか滑り込みで、同じ大学に合格することができた。

まさに大勝利と言っても過言でない成果とともに、高校を卒業したのがつい先日。

そこから引っ越しと大学入学などでバタバタして……春から夏に季節が移ろう今ごろになって、ようやくこの生活に慣れてきたのだった。

着替えてから直哉はどさっと小雪の正面に腰を落とす。

ボトルからふたり分のグラスに麦茶を注(そそ)ぎつつ、改めて部屋を見回す。

「小雪のマンション近くって条件で探したけど、やっぱりちょっと手狭かなあ」

「いやいや、広ければいいってものじゃないわよ」

小雪は本を広げたまま、ため息をこぼしてみせる。

彼女が住むのは、ここの窓からも見えるような大きなマンションだ。

もちろんオートロックで防犯対策はバッチリ。

女子大生のひとり暮らしには安全安心ということで、ハワードが激推ししたらしい。直哉の住むワンルームと違って1LDKだし、風呂(ふろ)トイレ別。収納も大きくて日当たりも最高ときた。

それなのに小雪は不満を露(あら)わに、口を尖(とが)らせるのだ。

「私の部屋は妙に広くて落ち着かないのよね。ここくらいがちょうどいいわ」

「ま、クーラーがすぐ冷えるのはありがたいけどさ」

ひとり暮らしの経験があった直哉はともかくとして、こちらでの生活を始めた当初、小雪はかなりいっぱいいっぱいだった。新しい環境と家事と勉強と……パンクしかけた小雪に、直哉はいろいろな気晴らしを持ちかけた。

一緒に食事を取ったり、近隣をぶらっと散歩してみたり。

そうやってまったり過ごすうちに小雪も新生活に慣れて、だんだんとここに入り浸るようになったのだ。

直哉が小雪の部屋を訪れることもあるが、ここで過ごす時間の方が圧倒的に長い。

小雪の言葉通り、適度な狭さが落ち着くようだ。

実際、今も自宅レベルにくつろいでいる。麦茶をちびちび飲みながら足をぱたぱたさせる様は、大学生女子というより幼女だ。

和む直哉をよそに、小雪はスマホを取り出して操作する。

「そういえば今度の夏休み、結衣ちゃんたちも実家に戻るんですって。日程を決めて、みんなで集まろうかって話になってるんだけど」

「ああ、そんな機会でもないと滅多に会えないしな」

結衣は県外の大学に、巽は県内の大学へとそれぞれ進学することになった。

いわゆる遠距離恋愛だ。

自然消滅の可能性もある極めて危険な道ではあるが、あのふたりには何の障害にもならないらしい。小雪はいたずらっぽく笑い、声をひそめてコソコソと言う。

「知ってる？　あのふたり、今でも毎日電話してラブラブみたいよ」

「だろうな。ま、あいつらなら問題ないよ」

それに直哉はあっさりとうなずく。

卒業したら即、同棲するだろうと見ている。

恵美佳は少し遠い大学に進学することになった。

奇遇にもその獣医学部に竜太が合格したので、今後もふたりはじわじわと距離を縮めることだろう。あの捨て猫騒動からずっと恵美佳に想いを伝えられなかったのを、竜太は散々後悔して直哉によく愚痴を吐いていたので。

そしてアーサーとクレアは母国に帰っていった。

アーサーが夏の間にあちらの大学に合格したので、クレアがそれをまた追いかけていった形になる。それでも彼らは『いつかまた日本に戻ってくるからな！』と宣言していた。努力家でまっすぐなふたりのこと、そう遠くない未来に実現するはずだ。

こうして高校時代の同級生は、みなそれぞれの道を進み始めたのだった。

小雪はスマホの画面をぼんやり見つめて、小さくため息をこぼす。

「ついこの間まで、みんな同じ学校に通っていたのに……離ればなれになっちゃって寂しいわ」

「ま、これぱっかりは仕方ないって」

出会いもあれば別れもある。しごく当然の道理だが、できたばかりの友達たちと離れるのは小雪にとって慣れないことらしい。

しょぼくれる小雪の頭をぽんぽんしつつ、直哉は笑いかける。

「永遠に会えなくなるわけじゃないんだしさ。そのかわり、あいつらと会えるときは思いっきり楽しもうな」

「ふん、当然よ。女子旅もしっかり企画中なんだから！」

小雪は気丈に意気込みつつ、真剣な顔でスマホを睨む。

「それで今度、朔夜もこっちに遊びに来たいって言ってるんだけど……どこを案内したらいいと思う？」

「うーん、この辺りはただの住宅街だしなあ。ちょっと先の市街地なら、遊べるところもあるんじゃないか？」

「あっちの方かー……まだ二、三回しか行ってないから何があるのか分からないのよね。偵察したいから、今度付き合ってくれる？」

「もちろん。可愛い義妹のためだからな」

直哉はどんっと胸を叩いてみせた。

環境はがらっと変わったが、自分たちの関係は相変わらずだ。

◇

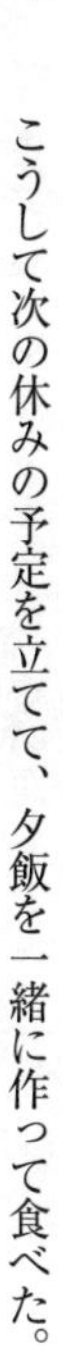

こうして次の休みの予定を立てて、夕飯を一緒に作って食べた。

夜になって小雪を家まで送っていったあと。

『で……？』

直哉のスマホのスピーカーから、地の底から響くような不気味な声が聞こえてくる。

怪奇現象ではない。巽から久々に電話がかかってきたのだ。

簡単な近況を聞いて、こちらもお返しに話をした。

その反応がこれだった。

巽は盛大なため息をこぼしてから、ぐちぐちとくだを巻く。

『その新婚めいたウキウキライフを俺に聞かせて何がしたいんだ？　嫌みか？　あぁ？』

「いやその……ごめん」

直哉はもごもごと口ごもってから、素直に謝罪した。

たしかに遠距離恋愛中の友人に聞かせる内容ではなかったと反省したのだ。

(でもなあ……近況なんかどう喋ったところで、全部もれなく惚気になるんだよな)

また顰蹙を買うのが分かっていたので、それは口に出さなかった。

小雪は勉強に忙しいので、毎日デートしているわけでもない。

それでも毎日のように会ってご飯を食べているので、自慢に聞こえるのも不思議ではなかった。

その意見に直哉は何の異論もない。実際、かなり恵まれているとは感じている。

しかしだからといって、不満がないわけでもないのだが。

『かーっ、おまえは幸せ者だよなあ。高校からの彼女と同じ大学に進学して、近所に住んで、半同棲生活を送って……って。どう考えても勝ち組じゃねーか！　……うん？』

通話口の向こうでますます巽はヒートアップしていく。

しかしそこでふと言葉が途切れた。

重大な事実に気付いてしまったとばかりのその反応に、直哉は眉をひそめる。

「何が言いたいかは分かるけど、一応聞いとくぞ。なんだよ」

『いや……その』

巽はごくりと喉を鳴らす。

彼にしては珍しく慎重な声色で、恐る恐る続けることには――。

『つまりおまえたちって、もうオトナの階段を上ってたりして？』

「してません」

それを直哉はきっぱりと否定した。

オトナの階段――つまり、キスの先に待つあれやこれやだ。

いい雰囲気になりかけたことは何度もあるが、そんな経験は一度もない。もちろんこちらに引っ越して新生活が始まってからも、それは変わっていなかった。

小雪とはどこまでも高校時代の関係が続いているのだ。

　そんなことを簡潔に告げると、巽は完全に言葉を失ってしまった。音声のみの通話なので顔は見えないが、さぞかしあんぐり口を開けて固まっているのだろうと分かる。

　それでも巽はおずおずと尋ねてくる。

『え、おまえ性欲ってものがないのか……？　病院に行った方がいいんじゃねえの？』

「失礼だな。なんでそうなるんだよ」

『逆になんで手を出さないんだよ』

　巽は盛大なため息を吐いてまくし立てる。

『親元を離れて半同棲……絶対に邪魔されない最強の環境に彼女を連れ込めるってのに、これで手を出さない方がおかしいだろうが！』

「おまえはそう言うけどな。まだ学生だし、何かあったら責任を取れないだろ」

　直哉は毅然としてノーを突きつけた。

　小雪はすっかり無防備で、おまけに今の季節は夏。

　薄着のため、少し動くだけで普段は見えない脇だったり、お腹だったりがちらりと見える。

　さらに小雪は「ちょっと寒くなってきたかも」と言ってクーラーのリモコンに手を伸ばすことなく、甘えて直哉の方に身を寄せてきたりもする。

　誘惑に次ぐ誘惑。

　そうなってくると当然、もっと先まで進んでみたいという欲求がむくむくと湧き上がってくる。しかしそれを直哉は鉄の意志で押しとどめていた。

「小雪は勉強を頑張らなきゃいけない時期だろ。邪魔になりたくないんだよ」

『いやあ、それはちょっと考えすぎじゃね……？　そこまで思い詰めなくても別に――』

「あと、実家に帰ったときに親父に勘付かれるのが死ぬほど嫌だ」

『ああ……それはさすがに同情するな』

否定しかけた巽だが、途端に納得モードに入った。

直哉の父、法介は相変わらず国内外を飛び回る生活を送っている。

だからと言って大学生活の四年間で顔を合わせない保証はどこにもなく……万が一にも小雪に手を出して、それを察されてしまったら。

そのときの生温かい反応を想像するだけで、直哉は胃に穴が空きそうだった。

ため息をこぼしつつ決意を口にする。

「そういうわけだから、大学在学中は小雪に手を出さない。っつーか出せない。そういうのは就職が決まってからか、結婚後だな」

『つまり最低四年間は禁欲の生殺し状態ってことか……全然羨ましくないな』

巽はドン引きの様子でぼやく。

それでも先ほどと比べてずいぶん声が明るくなっていた。『遠距離の俺たちのがまだ健全じゃね？』と思い至って心に余裕が生まれたらしい。

そのまま巽は揶揄するように低く笑う。

『でもそれ、おまえの意志次第だろ？　もし白金さんに迫られでもしたら……あっさり理性崩壊ってならないか？』

「ないない。だって小雪だぞ？　迫ってきてもグダグダになるだけだって」

他人の交際具合を聞いたりして『なんで手を出してこないのかしら、このひと……』と不安になる可能性は大いにある。

だがしかし、誘惑しようとしても小雪のこと。

きっと途中で恥ずかしくなって怒り出すに違いなかった。

直哉はそれまで耐えればいいだけの話である。

「それで、そのときはそのときできっちり説明するよ。大事にしたいから手は出さないって」

『はあ、どこまでも縛りプレイで行く気なんだな』

巽は呆れたように唸る。

ぽりぽり頭をかいて、純粋な疑問とばかりに口に出すのは――。

『果たしてそううまくいくのかね？　こういうのはアクシデントが付きものだろ』

「おまえなあ……全力で楽しんでるだろ」

『当たり前じゃねーか。そのためにわざわざ電話したんだからな』

直哉のツッコミに、巽はせせら笑うばかりだった。

友人が苦しみ悶える様が愉快で堪らないという野次馬根性がひしひしと感じられた。

環境が変わっても悪友は相変わらずらしい。

その変わらなさにイラッとしたような、安堵したような。

複雑な思いで直哉はため息をこぼす。

「ったく、暇な奴め。そろそろ切っても……うん？」

そこで直哉はふと顔を上げ、カーテンを引いた窓を見やった。

このあたりは住宅街でコンビニも少し離れた場所にある。そのため、夜にもなるとかなり静かだ。通る人もまばらで、滅多に物音もしない。

しかしたった今、聞き慣れた足音がした。

『ああ？　どうかしたか？』

「いや、アパートの表で小雪の足音がしたんだよ。ちょっと見てくる」

『聞き分けられるのかよ……武道の達人か、おまえ』

若干引いたような巽は放置して、直哉は急いで玄関へ向かう。

鍵を開けて、ドアを開こうとしたその瞬間。

「直哉くううううん！」

「うわっ⁉」

ドアを蹴破るようにして、涙目の小雪が転がり込んできた。

予想していたので無事に受け止めることができたものの、小雪は昼間よりも薄着だ。身に纏うのはタンクトップとハーフパンツ、おまけにノーブラである。

そんな恋人と密着して、平常心を保てる男などいるはずがない。直哉は息もできず、真っ赤な顔で凍り付くばかりだ。外気以上に、小雪の体が熱く感じた。

スピーカーから、巽が膝を打つ音が聞こえてくる。

『おっ、言ったそばから夜這いか？　そんじゃお幸せになー』

「ちょっ……違う！」

抗議の声を上げるが、相手は宣言通りに電話を切ってしまう。

人の気も知らないで……と苛立つが、おかげですこし平静を取り戻すことができた。

ひとまず小雪を部屋に入れて、直哉はその顔をそっと覗き込む。

「ま、待て小雪。落ち着けって」

「だ、だってぇ……出たの！　出たんだから……！」

「はあ……」

小雪はしゃくり上げながら、懸命に訴えかけてくる。

それに直哉は生返事をするしかなかった。何しろたった今、展開が読めたので。

ますます落ち着き払う直哉に反し、小雪は真っ青な顔で叫ぶ。

「私の部屋に、おばけが出たのよぉ！」

◇

小雪の部屋はマンションの八階だ。

部屋は広いし、置かれている家具もハワードが会社から融通した一級品。窓から見える眺めも抜群で、まさにお嬢様の城だ。直哉のアパートと比べると天地の差がある。

取るものも取りあえず家を飛び出したらしく、部屋には間接照明が付けっぱなしだった。広いベランダに通じる窓が開け放たれており、生ぬるい夜風がカーテンを揺らす。

そんな居城に足を踏み入れて、直哉はぽんっと手を叩く。

「よし、分かったぞ」

「へ……?」

おっかなびっくり背中に隠れていた小雪が気の抜けたような声を上げる。

そちらはひとまずおいておき、直哉はずかずかと現場へ踏み入った。

ベランダはリビングからつながっていて、その隣には引き戸で仕切られた寝室がある。

「小雪が見たベランダの人影は、この姿見だ」

寝室には大きな姿見が置かれていた。

以前直哉が部屋に来たときと、少しだけ位置が変わっている。

「このまえ模様替えで移動させたんだろ？　で、ここに置いてある間接照明のせいで、カーテンに姿見の影が映った。こんなふうにな」

　他の電気を消せば、影がカーテンにぼんやりと映し出される。ちょうど人間の背格好と変わらない大きさだ。しかしその影は姿見を移動させると途端に消え失せた。

　言うなれば『幽霊見たり枯れ尾花』というやつである。

　不審者の可能性も十分にあったが、ベランダには小雪以外の人間が立ち入った形跡はまったくなかった。つまり、見間違いで確定だ。

「そういうわけでお化けでも不審者でもない。安心してくれよ」

　直哉はそう結論付けて、小雪の肩をぽんっと叩く。

　これで完全解決だ。そのはずなのに――。

「無理よぉ……」

　小雪はくしゃっと顔を歪(ゆが)めてかぶりを振った。

　顔は青白いままで、わなわなと震えながら訴えかけてくる。

「直哉くんの推理が間違っていないのは分かるわよ。でも、だからって……本物がいない証明にはならないじゃない！」

「それは悪魔の証明ってやつだからな。無茶を言うなよ」

　直哉はため息をこぼすしかない。

一筋縄でいかないことは予想していたが、思ったよりも厄介だった。

こめかみを押さえる直哉の横で、小雪の狼狽ぶりはますます激しくなっていく。

「よくあるでしょ。最初の怪奇現象を軽んじたせいで、そこからどんどんエスカレートしていって最終的に取り返しが付かなくなるパターン！　ホラー映画あるあるだわ……！」

「なんで怖いのが苦手なのにそんなパターンを知ってるんだよ」

「苦手だから知ってるのよ！」

ぼそっとつぶやいたツッコミには、摑みかからん勢いの抗議が返された。

ちなみにこのマンションは防音も優れているので、多少騒いだところで問題はない。

近所迷惑にならないことに安堵しつつ、直哉はベランダの窓を閉めてしっかりと施錠した。

不安がる小雪の頭を撫でながら、なるべく穏やかな声を努めて言う。

「ともかく大丈夫だから早く寝ろって。明日も朝から授業だろ」

「うー……」

小雪は口を尖らせてぶすーっとする。

そのまま少しうつむき加減で、ぽつりと言うことには。

「……泊まってってくれなきゃ、やだ」

「やっぱりそういう展開か……」

この流れも読めていた。読めていたところで、直哉にはどうしようもない。

軽く天井を仰ぎつつ、とりあえず抵抗の意思を示してみる。

「あのな、分かるだろ。それはさすがにダメだって」

「どうしてよ。お泊まりなんてこれまで何度もしてきたでしょ」

「これまでと今回はシチュエーションが全然違うだろ」

家族と一緒に別荘に泊まったり、互いの家に泊まったり。

受験期はあまり機会がなかったが、それでも一般的な学生カップルと比べればお泊まりの経験はかなり多い方だ。慣れたと言っても過言ではない。

それでもこの場合はかなり事情が変わってくる。

「家族もいないし、ふたりっきりだし……ダメな要素しかないだろ？」

「それは分かっている、けど……」

小雪はごにょごにょと口ごもる。

自分でも無茶を言っているのが分かるのだろう。

親元を離れた下宿先、彼氏を部屋に泊めるなんてどう考えてもまずい。

しかし小雪はそのまずさと恐怖心とを天秤にかけて、結局また上目遣いでお願いしてくるのだ。

「このままだと怖くて眠れなさそうだし……だめ？」

「……分かったよ」

直哉は両手を挙げて降伏のポーズを取った。

泣く子と小雪にはめっぽう弱い。

泣きそうな小雪は、合わせ技で致命的だった。

「ひとまず泊まるのはいいけど……」

直哉はちらっとリビングの隅へ視線を向ける。

先ほどから極力見ないように心がけていたのだが、泊まるとなるとそうも言っていられない。

なるべく目を伏せつつ、おずおずと人差し指を向ける。

「まず、あそこに干してる洗濯物をどうにかしてくれませんかね……」

「うわわっ⁉　い、今すぐ片付けます……！」

小雪は大慌てで、パンツやブラジャーが吊(つる)された物干しハンガーを回収していった。

他にも細々した片付けなどを手伝って、十分後にはリビングのテーブルでお茶をいただくことになる。実家から持ってきた直哉のこたつ机と違って、特注のダイニングテーブルだ。

小雪は満面の笑みでニコニコしている。

「でも、直哉くんが近くにいてくれてよかったわ。ひとりだったら私、コンビニで夜を明かしたかもしれないし……」

「それなら俺も助かったかなあ……危ないことはしてほしくないし」

受験勉強を頑張った甲斐(かい)があるというものだった。

ホッと胸を撫で下ろす直哉と同様に、小雪もすっかり安堵したようだ。

ここに来るまでかなり及び腰だったし、ずっと半泣きだった。すっかりその涙も引っ込んで、お茶菓子をもりもり頬張っている。

そんな小雪に目を細めつつ、直哉はちらっと部屋を見回す。

いいマンションなだけあって、ひとつの部屋が広々しているし天井が高い。ただ、引っ越してきてまだ数ヶ月だ。家主の私物が少なくて、どこかがらんとした印象を受ける。

（たしかにここでひとりぼっちだと、寂しくなるのは仕方ないかなあ）

お化け（？）を見てしまったのも結局は気の持ちようだ。

日中は大学で忙しく勉強したり直哉と過ごしたりする分、余計に夜は心細くなるのだろう。

そう分析していると、小雪がはっと気付いたように顔を上げる。

「あっ、うちに泊まったのはパパやママには内緒よ。分かってるわね？」

「もちろん口外しないって」

友人たちにももちろん内緒だ。からかわれるに決まっている。

「ただ……親父には次会ったときにバレるだろうけどな」

「法介おじ様はどうしようもないわ。神様に嘘が通用しないのと似たようなモノだから」

「うちの親父を何だと思ってるんだ。いや、気持ちは分かるけど」

さっぱりと割り切る小雪に、人生の伴侶としての頼もしささえ覚えた。

小雪はいたずらっぽく笑いかけてくる。

「うふふ、それじゃ共犯ね」

「不本意ながらな……」

直哉はさっと目を逸らすしかなかった。

こうなることは予想済みで、とうに心の準備はできていた。

（小雪は寂しがり屋だもんなあ……遅かれ早かれ、泊まれっておねだりされてたはずだし）

しかし実際そういうシチュエーションに置かれて、平静を保っていられるかどうかはまた別の問題で。

ふたりっきりなんて慣れたはずなのに、妙に尻が落ち着かなくてそわそわしてしまう。

小雪も一旦落ち着いたせいで、この状況を改めて見つめ直したらしい。

ふたりともなんとなく口を閉ざしてしまって、沈黙が落ちる。

居心地が悪くなるタイプの沈黙ではなく、むず痒くなるタイプのものだ。クーラーが効いた室内だというのに、なんだか顔が火照って仕方ない。

「えーっと……」

その空気に耐えかねて、直哉はおずおずと手を挙げる。

「泊めてもらうついでに、シャワーだけでも借りてもいいかな……？　済ませる前だったからさ」

「え、ええ。もちろんいいわよ、タオルとか好きに使ってね、ごゆっくり」

「ああ。ありがとな」

ぎこちなくうなずく小雪に笑いかけ、直哉はバスルームへと向かった。

初めて遊びに来たとき、間取りを見せてもらったとき以来の場所だ。

脱衣所に一歩足を踏み入れてぐるりと見回す。先ほど家主が使ったばかりだからか、まだ湿気が残っていた。化粧水も出しっぱなしで洗面所に放置されている。

甘い匂い(におい)が立ちこめて、クラクラしそうだ。

その上に――。

「まあそりゃ、脱ぎたてがあるよな……」

脱衣カゴの中には小雪の衣服が詰め込まれていた。

今日来ていたシャツとホットパンツ、そして下着類だ。

先ほど洗濯ハンガーは片付けてもらったが、こちらまで気が回らなかったらしい。

ピンクのひと揃い(そろい)をなるべく見ないようにして服を脱いだが、意識すればするほど視界に飛び込んでくるのは何なのか。ブラジャーのカップ数も分かっているのに、実際その大きさを自分の目で確かめるとクるものがあった。

そんな煩悩を消し去るべく、広いバスルームで温かいシャワーを浴びる。

べとついた汗が流れていってようやく人心地ついた。

「ふう、さっぱりした……うん？」

小さく吐息をこぼしたところで、シャンプーなどが置かれた一角が目に入る。

そこに当然のようにカミソリとシェービングクリームのセットが置かれているのを見て、おもわずドキッとした。先ほど使ったばかりらしい。

女性にはムダ毛が生えない……なんて幻想を抱いていたわけではない。

夏場だから、小雪が特に気を使って処理していることも当然知っていた。

だがしかし実際この目でそういうものを見てしまうと、現場を想像してしまうのが人の性というもの。

クリームを塗りたくる小雪。

鏡で自分の体を隅々までチェックする小雪。

最近また育った胸の大きさを確認する小雪。

いろんな裸の小雪が、やけにくっきりと脳内で再生されて――。

「鎮まれ、俺の煩悩……！」

今度は頭から冷水を被った。

おかげで膨らみかけた邪念が、ほんのわずかに消え去った。とはいえ大部分は直哉の内に残ったままだ。大きなため息を吐いてもモヤモヤした気持ちは誤魔化しきれない。

「いざ同棲したら、こういうのにもすぐに慣れるのかな……それまではめちゃくちゃキツそう

だな……」

ぐったりしつつも、長風呂している暇はなかった。

水を浴びたあとはすぐに脱衣所に戻った。そのまま手早く体を拭いて服を着る。立つ鳥跡を濁さずで、床に水滴が残らないようにも気を払った。

そうして脱衣所のドアを開ければ――。

がちゃっ。

「ふぇっ⁉」

小雪の小さな声が、すぐそばから聞こえてくる。

見ればドアのすぐそばで小雪が体育座りしていた。動画を見ていたらしく、手にしたスマホ画面には毛繕いする猫が映し出されている。どこかすなぎもに似た長毛の白猫だ。

小雪は目を瞬かせて直哉を見上げる。

「びっくりしたあ……こんなに早いなんて思わなかったわ」

「いや、そこで待たせとくのも悪いと思ったからさ」

「うぐっ……ば、バレてたのね」

さっと目を逸らしつつ、ぼそぼそと言う。

「さっきの影が見間違いだったって分かっても、怖いものは怖いんだもの。だったら近くで待ってようかと思って……」

「テレビでも見てればよかったのに。音があれば少しは気が紛れるだろ」

「それもそれで怖いじゃない……！　テレビからお化けが出てきたらどうするのよ！」

「はあ……スマホはいいのか？　テレビと似たようなものだろ」

「平気よ。ここから出てくるサイズのお化けなら、私ひとりでもやっつけられそうだし」

小雪は硬い面持ちでそう断言した。

けっしてジョークなどではなく、本気で検討して出した結果がそれらしい。

その変な真面目さに直哉は思わず噴き出してしまう。風呂場で抱いた邪念はきれいさっぱり消え去って、あとにはほのぼのした温かさだけが心に残った。

そう考えてみれば、今の小雪は飼い主の帰りを待つ小型犬を思わせる。

おもわず相好を崩してその頭を撫でてしまう。

「よーしよしよし。いい子に待てて偉いなあ、小雪は」

「ぐぐ……全力でぶん殴りたい……」

小雪は真っ赤な顔でぷるぷると震えるばかりだった。

ワガママを言って泊まってもらう手前、強く出られないらしい。

それでも直哉の手をばしっと振り払って、ぷいっとそっぽを向いて立ち上がる。

「あなた、自分の役目を忘れてない？　私が怖い思いをしないように努めることなんだからね。子供扱いすることじゃないのよ」

「もちろん分かってるよ。ちょっと気晴らしでもするか？　一緒に動画を見るとかさ」

「動画……？」

小雪は手元のスマホに目を落とし、それからふふんと嬉しそうに笑う。

「直哉くんにしてはいい案ね。そこまで言うなら仕方ないわ、私のお気に入りを紹介してあげちゃうんだから！」

「わあ、それは楽しみだなあ」

意気込む小雪に、直哉は棒読み気味の歓声を上げた。

お達しの通り、恐怖心を薄らげることにはひとまず成功したらしい。

（俺もこのままじゃ悶々とするばかりだし……気分転換は必要だよな）

そういうわけで、今度はソファに並んで動画鑑賞となった。

三人掛けのゆったりした一脚で、本革張りである。そんな高級ソファに腰掛けて、小雪はあれこれと先ほどまで見ていた動画を紹介してくる。

やはりすべて猫動画で、すなぎもに似た猫が非常に多かった。

愛猫と離れて暮らすのは初めてなので、あのもふもふが恋しいらしい。月に一回は実家に帰っているというのに、それでも欠乏症は深刻なようだ。

（今度のデートは猫カフェとか動物園に誘ってみようかなあ……）

直哉はそんなことをぼんやり考える。

やや現実逃避気味なのは仕方ない。

すぐ隣に小雪がいて、無邪気な笑みを向けてくるからだ。

「ほら、次のお気に入りはこの子よ。目付きが凶悪でとっても可愛いの！」

「あ、ああ。うん、そうだな、可愛いな」

直哉はぎこちなくうなずくしかない。

（近いし、いい匂いがする……）

おまけにシャツの襟首からは無防備なブラ紐が覗いていた。

直哉の家に飛び込んできたときはノーブラだったが、あとで気付いて慌てて着替えたらしい。

その気遣いは非常にありがたいのだが、やっぱり刺激的なのには変わりがない。

先ほど脱毛セットを見てしまったせいか余計に気になった。

一度想像した小雪の裸が、また脳内に蘇る。シチュエーションはなぜか風呂場だ。白く霞んだ湯気の向こうで、しなやかな肢体が手招きする。

直哉は素数を数えて耐えていたのだが――。

「それでね、こっちの子は――」

「うわっ⁉」

「へ？」

小雪がさらに顔を近づけてきて、むき出しの二の腕がぴとっと触れた。

その瞬間、平常心はガラガラと崩壊した。直哉は声を上げてソファの隅まで退避する。

しばし小雪はぽかんとしていたが、すぐにムッとしたように目を吊り上げた。

「なんで遠ざかるのよ。彼女に失礼じゃなくって？」

「い、いやその、汗臭いと思われないかなって……」

「さっきシャワーを浴びたところでしょ。何言ってるのよ」

「……その通りだと思います」

ヘタな言い訳に、小雪はますますジト目を向けてくる。

これ以上取り繕えば爆発は免れまい。直哉は顔を覆って、素直に打ち明ける。

「ちょっとその……刺激が強いといいますか……」

「ふーん？」

小雪は少し目を丸くして、こてんと小首をかしげる。

虚を突かれたようなその反応も一瞬のことだった。ぽかんとした顔にじわじわと笑みが浮かび、いたずらっぽく目尻が下がる。

「なあに、いつもより素直じゃない。直哉くんはこういうのがダメなんだ」

「ちょっ、小雪さん⁉ 待ってくれませんかね⁉」

笑顔を浮かべたまま、小雪は直哉に迫ってくる。

ソファの肘掛けに退路を阻まれて、あっという間にゼロ距離だ。真っ赤な顔で固まる直哉のことを覗き込み、小雪はわしゃわしゃと頭を撫でてくる。

「あらあら、赤くなっちゃって可愛いわねー。よーしよしよし」

「ぐぐ……！」

先ほど頭を撫でたのを、ちゃっかり根に持っていたようだ。

思わぬ意趣返しに、率直に言ってクラクラした。これ以上はマズい。

「この……だからダメだって言ってるだろ！」

「きゃっ⁉」

思わず強く押し返してしまう。

軽い体はあっさりと向こうに倒れ込み、それに引っ張られる形で直哉もバランスを崩した。

結果――ソファの上で小雪を押し倒す形になる。

「……」

「……」

そのままの姿勢で見つめ合い、真っ赤な顔で黙り込み、たっぷりの沈黙が落ちる。

その膠着状態が打ち破られたのは、動画を再生し続けていたスマホからひときわ高い猫の声が放たれたタイミングだった。

ふたり同時にハッとして、まず直哉が動いた。

「ご、ごめん……」

「いやあの、私の方こそ……うん」

おずおずと離れると、小雪も気まずそうに上体を起こす。

居たたまれない空気が流れそうになるのをどうにかすべく、直哉はぱんっと手を叩く。

「よし、動画鑑賞会はここまでだ。寝よう。今すぐ寝よう」

「えっ。まだまだ夜はこれからじゃない」

「俺も明日は朝早いんだよ。朝食作ってやるから寝ろ」

「……むう」

小雪は口を尖らせつつ、そのままじーっと直哉のことを見つめてくる。

まだ日付が変わる前。たしかに少し早いが、これ以上一緒にいるとまた似たようなシチュエーションに襲われてしまうだろう。

(それだけはなんとしてでも避けないと……！　手を出さないって誓いが台無しだ！)

まさに生きるか死ぬかの瀬戸際だった。

小雪はそんな直哉のことを、やはりじーっと見つめていた。

「そうね、分かったわ」

しかしやがてあっさりとうなずいた。

ホッとする間もなく、小雪はリビング隣の寝室に移動して当たり前のように言う。

「それじゃ、直哉くんはベッドの右側で――」

「ソファを使わせていただきます」

それを遮って、直哉はきっぱりと主張した。

小雪はまた目を丸くした。それからすぐに先ほど以上に険しい顔で睨んでくる。

「どうしてよ。キングサイズのベッドだから、ふたりでも十分寝られるわよ」

「面積の問題じゃないっての。さすがにそれはダメだろ」

ベッドも一級品で、ふたりで寝転がっても十分すぎるほどに広い。分厚いマットレスに身を投げ出せば、さぞかしぐっすり眠ることができるだろう。

ただし、それはひとりで寝る場合だ。

秘密のお泊まり会とはいえ、越えてはいけない一線くらいは分かっている。

直哉の主張は理に適っていると思う。

それでも小雪は依然としてムスーっとこちらを睨んだままだ。

お化けに対する恐怖はすでにない。

そこにある感情はただひとつ、直哉に対する苛立ちだ。

(『やっぱりこの人、頑なに私を避けるわね……?』って考えてるな)

その目が訴えかけることがありありと読み取れて、直哉はさっと目を逸らす。

ここもやはり素直になるが吉だった。

「その、これ以上近くにいると手を出しちゃいそうだから……小雪が嫌いになったわけじゃないからな。それだけは弁明させてくれ」

「はあ……」

しどろもどろの言い訳に、冷えた相槌が返ってくる。

そのまま直哉は小雪に背を向けて、ブランケットをたぐり寄せる。

「そ、そういうわけだから、小雪も早く寝……っ⁉」

しかしそのセリフは半ばで途切れることになる。

無防備な背中に、小雪が抱き付いてきたからだ。ぎゅうっと腕を回してきて、背中に胸が押し付けられる。心臓が大きく跳ねて、血液が沸騰したかと錯覚するほど体中が熱くなった。

「何やってんだよ小雪……⁉　寝るんだろ！　離せって⁉」

「嫌よ」

小雪は不機嫌丸出しの声で言う。

そのまま拘束を強めて、ぼそぼそと続けることには――。

「直哉くんが私に手を出す気がないのは知ってるわよ。前々からそう言ってたし、それは真剣に私のことを考えてくれているからだって分かってはいるんだけど……」

言葉をつむぐたび、その声は不安げに揺れた。

小雪は直哉の背中に顔を埋め、ぽつりと言う。

「ここまで徹底的に避けられると、私って魅力ないのかなあ、って……ちょっとは不安になるんだからね」

「小雪……」

そんな声を聞いてしまえば、拘束を振り払うこともできなくなる。

直哉はしばらくそのままじっと背中を向けていた。

小雪の不安が体温とともに伝わってきて——だから、本音を打ち明けることを決めた。

そっと腕をほどき、小雪に向き直ってまっすぐに告げる。

「あのな、俺が手を出さないように頑張ってる本当の理由は……責任が取れないからじゃないんだ」

「へ」

小雪は目を丸くする。

すぐに眉がへにゃっと下がり、恐る恐るといった上目遣いで尋ねることには。

「やっぱり私に魅力がないの……?」

「そんなわけないだろ⁉」

直哉は勢いよく首を横に振った。小雪の肩に手を置いて力説する。

「小雪は世界で一番魅力的だ。迫られたら心臓が止まりそうなほどバクバクする。抱きしめたいし、キスもしたいし、触りたくもなる。だから、えっと、その……」

力強かったはずの演説は、やがて尻すぼみになっていった。

だんだんと直哉の顔も赤く染まり、小雪と目が合わせられなくなる。

小雪が訝しそうに見守る中で、ヤケクソ気味に締めくくった。

「いざ手を出したら……歯止めが利かなくなりそうで、怖いんだよ」

「……はい？」

小雪は気の抜けた声を上げた。

ゆっくりと首をかしげ、逆方向にまた倒す。

しばらくそうして直哉の言葉を査定していたが、やがて怪訝そうな顔でぽつりと言った。

「いっつも余裕ぶってるのは虚勢だったの？」

「ああそうだよ！　でも仕方ないだろ⁉　そういう経験はゼロなんだから！」

なんだかんだ取り繕って悟っていても、ひとりの男だ。

当然、好きな子とそういう関係になりたいと思うし、好意の分だけその欲求は大きい。

だが実際それを発露してしまった場合どうなるか。自分で自分が分からないのだ。

「俺は小雪のことが大好きだ。大好きすぎるくらい大好きだ。だから一回でも結ばれちゃうと、絶対に箍が外れたように求めるに決まってる」

「た、爛れてるわ……」

「ほらこうやって引かれるだろ⁉　分かってたんだよ！　だから建前で済ませたかったんだよ！」

小雪は顔をしかめて一歩退く。

想定通りの反応だったが、思った以上のショックを受けてしまった。

直哉はその場でしゃがみ込んで頭を抱える。

(か、かっこ悪ぃ……)

巽との電話では偉そうなことを語って聞かせたが、蓋を開ければ真相なんてこんなものだ。

そんな直哉の頭を、小雪がぽんぽんと優しく叩いてみせた。

呆れたようなため息が真上から降りかかる。

「はいはい、いじけないの。でもそうよね、直哉くんって意外とそういう小心者なところがあるわよね」

「うるせえ……小雪のこと限定なんだからいいだろ」

「ええ、もちろん知ってるわよ」

かすかに弾んだ声に、そっと顔を上げる。

小雪は満面の笑みで直哉のことを覗き込んでいた。

「あなたが余裕を失うのは、世界で唯一私だけ。悪い気はしないわね」

「それは何よりだよ、って……小雪？」

小雪は直哉の手を引っ張って、寝室へと誘った。

電気を付けないままにベッドに腰掛け、試すような目を向けてくる。

「その気持ち……受け止めてあげるって言ったら、どうする？」

「どっ、どうする、って……」

ごくりと生唾(なまつば)を飲み込む音が、やたらと大きく寝室に響いた。

言葉の意味するところは明確だ。

月明かりだけが差し込む薄暗い部屋の中で、小雪の目はやたらと強い光を帯びている。小雪は頬(ほお)をほんのり桜色に染めて続けた。

「直哉くんがそこまで思っていてくれるなら、やっぱりうれしい。だからちょっと恥ずかしいけど……頑張って受け止めてあげる」

小雪は少しだけ躊躇(ためら)った後、意を決するようにしてシャツを脱いだ。

それをぽいっと床に投げ捨てる。あとには下着姿の上半身が晒(さら)されることになった。

この部屋に来てから下着を見てばかりだ。それでも本人が着ているところを目の当(ま)たりにするのは破壊力が桁違(けたちが)いだった。お椀(わん)型の乳房を、緊張から生じた汗が伝う。

小雪は少し目を逸らしつつも、お許しの言葉をかけてくれる。

「優しくしてくれるって約束してくれるなら……だけど」

「小雪……！」

巽の『ちょっと迫られたらコロッと落ちそう』という予言が脳裏(のうり)をよぎる。

だがしかし、それも刹那(せつな)のことだった。小雪以外には何も考えられなくなり、理性も建前も何もかもが吹き飛んだ。

暗がりの中、直哉はゆっくりと手を伸ばす。

柔らかな膨らみに指先が触れた、その瞬間——直哉は雷に撃たれたようにハッとして身をのけぞらせた。

「い、いや！　やっぱりダメだ……！」

「はあー⁉」

小雪はすっとんきょうな声を上げる。しごく当然の反応だった。

茹だるように甘い雰囲気は途端に霧散して、小雪の目が一気につり上がる。そのまま枕を手にしてばかすかと殴ってくるのを、直哉は甘んじて受け止めた。

「ありえないでしょ！　女の子にここまでやらせておいて拒否するなんて、マナー違反もいいところだわ！」

「い、いや確かにその通りだ！　言い訳のしようもない、けど……！」

それでも直哉には譲れないことがあった。

ベッドに正座して、ぽつりと言う。

「だってほら、準備とかしてないし……」

「…………じゅんび」

一線を越えるというのなら、いろいろと必要なものがある。

それくらいは小雪も理解できるのか、一気にカーッと顔が赤くなる。雰囲気で誤魔化されていた現実——その生々しい部分がやけにくっきりとあぶり出される形となった。

またふたりの間に沈黙が落ちる。

相手の顔が見られなくて、真っ赤になったまま顔を背けるしかできなかった。

やがて直哉は大きな息を吐いて提案する。

「えっと……だから今日はもう寝ないか？」

「……そうしましょうか」

小雪もおずおずとうなずいた。

そのまま結局なし崩し的に、ふたり並んでベッドに横になることになった。

ブランケットを体に巻き付けて、小雪に背を向けて――そのまま直哉は小さな声を絞り出す。

「次はその……ちゃんと準備しておくから」

「……うん」

返ってきた声はクーラーの音にかき消されそうなほど小さかったが、直哉はしっかり聞いていた。

（もろい意志だったなあ……）

こんなハプニングに見舞われながらも、直哉と小雪は無事に四年で大学を卒業することになる。その間のどのタイミングで一線を踏み出したのかは、ふたりだけが知るところだ。

六章　家族の作文

わたしの家族。

一年三組、笹原小春。

わたしの家族は、パパとママです。

パパとママはとっても仲がよくて、ずーっと毎日ラブラブです。

どれくらいラブラブかというと、パパが朝会社に行くとき、ママは必ず『いってらっしゃい』のチューをします。毎朝です。

ママは恥ずかしがって、わたしに見つからないようにこっそりやっているつもりです。

でも残念ながらバレバレです。

うちのリビングから玄関はまっすぐ続いています。

だから朝ごはんを食べていると、特等席で丸見えです。『今日は早く帰ってきてね』なんてパパに甘えて抱き付いているのも、ばっちり見えちゃいます。

ママはわたしがテレビに夢中で、気付いていないと思っています。

ただ、パパはわたしにバレているのが分かっているので「小春はいい子だから、ママには黙っていてくれるよな？」と言って、たまにお菓子を買ってくれます。

こういうのを、大人の言葉で『わいろ』というらしいです。

小学生になったので、むずかしい言葉も勉強中です。

そんなラブラブなパパとママですが、たまーにケンカすることもあります。

ほとんどの場合はママの誤解です。パパがそれをさくっと見抜いてスピード解決します。

でも、このまえの土曜日はちょっぴりこじれてしまいました。

このまえの土曜日は、パパが休日出勤でした。

休日出勤というのは、お休みの日もお仕事に行くことです。パパは大きな会社につとめていて、お仕事のために海外に行くこともあります。

パパがお留守のときはちょっぴり寂(さび)しいです。ママも悲しそうにしています。

でも、帰ってくるときにたくさんお土産を持ってきてくれるので、うれしいです。

ともかく土曜日はパパがお仕事でお留守でした。

お昼はママとふたりで、前の日ののこりのカレーを食べました。

ニンジンはあんまり好きじゃないけど、ちゃんとのこさず食べました。

お片付けはわたしも手伝いました。そのあとリビングで本を読んでいると、ママがそっと近づいてきました。ママのお顔は真剣で、緊張してピリピリしていました。

それでもママはなんでもないことのように聞きました。

「ねえ、小春」

「うん？　なあに、ママ」

「小春はパパとママ、どっちが好き？」

「うーんとねえ」

　わたしは首をかしげました。

　こういうときは『どっちも大好きだよ』と答えるのが正解です。わたしはパパとママどっちも大大大好きなので、実際にこう言うべきでした。

　でも、わたしは全然違うことを言いました。

「そんなことにはならないと思うよ」

「へ？」

　ママは目をぱちぱちしました。

「いやあの、どっちが好きかを聞いてるんだけど……なんの話？」

「だってパパ、浮気(うわき)なんてしてないもん」

　わたしはきっぱりと言いました。

「だからパパとママは別々に暮らすことにならないし、小春がどっちといっしょに行くか決めなくてもいいの。だからならないって言ったの」

「くっ……会話の先回りにもほどがある！」

ママはお口をへの字にして怒りました。

わたしのことをじーっと見つめて、ため息をひとつ。

「ほんと、嫌なところばっかり直哉くんに似ちゃったわねえ……」

「えっへん。小春ね、見た目はママ似で、中身はパパ似だねってよく言われるよ」

「褒められているのか微妙なラインだわ」

うちのパパは、いろんなことがわかります。わたしよりもです。

見ただけでその人が何を考えているかわかるし、どんな人かもわかります。

ちなみに、パパのほうのおじいちゃんもすごいです。

近くに住んでいるので、よく遊んでもらいます。カードの裏を見ないで当てる神経衰弱とか、写真だけでどんな人かを推理するゲームとか、楽しい遊びをたくさん教えてくれます。

それを言うと、ママのほうのおじいちゃんは『孫に変なことを仕込むんじゃない！』と怒ります。でも、なんだかんだ言っておじいちゃんたちは仲良しです。

話がずれました。

ともかくママは悲しそうに言います。

「でも、最近の直哉くんったら怪しいのよ。何かを隠しているのは間違いないんだから」

「うーん、たしかにそうだねえ」

ママの言うとおり、パパは最近ちょっぴり変でした。

帰ってくるのがいつもより少し遅いし、携帯電話をママに見られないようにさりげなく気を付けたりしています。朝のキスもちょっとだけぎこちないです。

わたしがうなずくと、ママは顔をくしゃっとしてしょんぼりしました。

パパのことが大好きだから、隠し事をされていて悲しかったのです。

わたしは真相がわかっていました。

でも、ここでママに本当のことを言うのはよくないと思いました。

だからかわりに、にっこり笑ってこう言いました。

「それじゃ、たしかめに行く？」

「確かめるって……？」

ママは少しきょとんとします。

それでもすぐにハッとして、ぱっと顔を輝かせました。

「つまりあのひとを尾行するのね！　浮気の証拠を掴むために！」

「そういうこと。証拠が出るかはわからないけどね」

ママが不安なのは、パパが隠し事をしているからです。

何もやましいことがないと証明できれば、ママも安心するはずでした。

ママはぐっと拳をにぎります。やる気満々でメラメラ燃えていました。

「それじゃ早速準備しなきゃ。小春はおじいちゃんのところに――」

「なんで？　小春もママといっしょに行くよ」

「ええ……それはダメよ」

ママは悲しそうに顔をそむけました。

「万が一の場合は、パパと大人の話をしなきゃいけないの。そんなの子供には聞かせたくないわ」

「ぜったい大丈夫だってば」

どれだけパパがママのことを好きなのか、小春はよーく知っています。

そんなパパが浮気なんて、ぜったいにありえません。

「それに、おじーちゃんたちはどっちもお留守だよ。小春、どこにも行くとこないよ」

「くっ……結衣ちゃんはお腹の子の検診だし、恵美ちゃんは結婚式の打ち合わせだし……他のみんなも忙しいわよね」

ママは少しの間、迷いました。

でも最後には諦めたのか、長いため息をこぼしてびしっと言いました。

「仕方ないわね。だったら連れて行くけど……もし直哉くんが本当に浮気していたら、ちゃんとママの味方をしてちょうだいね」

「もちろん。女同士の約束ね」

わたしはママと指切りしました。

約束を破ったら針千本ですが、そんなことにはならないので平気です。

お出かけの準備をして、おうちを出ました。

パパの会社は電車で三十分くらいです。

ビルの前にはおしゃれな喫茶店があって、人がいっぱいいました。

わたしとママはパパの会社が見える窓際の席に座ります。

「尾行するとは言ったものの……」

ママは窓からじーっとビルを睨んでいました。

変装のためか髪型を変えて、サングラスをかけていました。

このまえいっしょに見た、推理ドラマを参考にしたみたいです。

家を出るときはメラメラ燃えていたのに、そのときはちょっと冷静になっていました。

「いくら土曜出勤でも、終業時間には早いわよね。もう少し時間を潰してくるんだったわ」

「そうかな？　小春はちょうどいい時間だと思うよ、おやつどきだし！」

「まさかあなた、ケーキが食べたくてついてきたんじゃ……」

チョコレートケーキと甘い紅茶が、とてもおいしかったです。

ママもココアを飲んでいました。ママは甘いものが大好物ですが、そのときはあんまり美味しくなさそうでした。難しい顔でビルをじーっと見つめています。

よっぽどパパのことでモヤモヤしていたんだと思います。

わたしはそんなママを見て、少しだけ胸がチクチクしました。

早く誤解が解けてほしいなあとお祈りしながら、ケーキを食べました。

そこで声を掛けられました。

「お姉ちゃん？」

「あら？」

すぐそばに、綺麗なお姉さんとお兄さんがいました。

ママの妹の朔夜おねーちゃんと、パパの親戚の桐彦おにーさんです。

すぐにママも気付いて、少しだけ笑顔になりました。

「朔夜と桐彦さんじゃない。奇遇ね？」

「これからクレアの家に行くんだけど、双子ちゃんにお土産を買おうかと思って。お姉ちゃんたちは何をやってるの？」

朔夜おねーちゃんはほんの少しだけ首をかたむけます。

あんまりお顔が変わりませんが、ママに会えてうれしいみたいでした。

桐彦おにーさんもニコニコしてわたしに手を振ってくれました。

「こんにちは、小春ちゃん。ママとお出かけなんていいわねえ」

「うん！　これからパパの尾行をするの！」

「び、尾行……？　え、それって私たちが聞いてもいい話？」

「いったいどういうことなの、お姉ちゃん」

桐彦おにーさんだけでなく、朔夜おねーちゃんも心配そうでした。

ママは少しへにゃっと眉を下げて言います。

「実は……」

ふたりに同じテーブルについてもらって、ママは事情を説明しました。

「……というわけなの」

「はあ」

「へえ」

ふたりは同時に生返事をしました。

それからそろって、わたしににっこりと話しかけてきます。

「そういえば小春。このまえ小学校に上がったばっかりだよね、どんな感じ？」

「すっごくたのしいよ！　りょーたくんもいるし！」

「ああ、幼稚園時代から小春ちゃんに懸想してるって噂の幼馴染みね」

「うん。おんなじクラスだし、いっつもいっしょに帰ってるんだ」

「よかったね、小春」

「いいわねえ、青春だわ」

ふたりはほのぼのします。

「私の話はスルーなの⁉」

そのせいで、ママがぷんぷん怒りました。

他のお客さんの迷惑にならないように声をおさえながら、必死に訴えます。

「家庭の危機なのよ⁉　もっと真剣に聞いてくれたっていいじゃない！」

「いやだって、笹原くんが浮気とか……ねえ？」

「天変地異の前触れにしてもナンセンス」

桐彦おにーさんが困ったように言って、朔夜おねーちゃんはきっぱり言いました。

ふたりがあっさり否定したので、ママはぐっと言葉に詰まります。

そのましょんぼりしてぽつぽつと続けました。

「だってだって、大学を卒業して結婚して、すぐに小春が生まれたじゃない。幸せいっぱいすぎて、なんだか怖くなってくるんだもの……」

「たしかにお姉ちゃんたち順調だったもんね」

ママとパパは高校生から付き合いだして、大学を出てすぐに結婚しました。

それからまたすぐにわたしがうまれて、三人家族になりました。

結婚式のお写真も、わたしがうまれた日のビデオも、何回も見たことがあります。

どんなときでもママとパパは幸せそうで、ニコニコしていました。

だからママは不安になったみたいです。大人は難しいです。

「学生時代から数えるともう十五年の付き合いなのよ。そろそろ別の刺激を求めてもおかしくない時期でしょ。あの人ったら社会人になってそれなりの社会性を身につけたから、悪い虫が付きかねないし……！」

「まあ、彼も年を重ねてやり方がうまくなったところはあるわよね」

パパは会社の出世頭だそうです。

お客さんのほしいものをズバズバ言い当てて、たくさんお仕事を取ってきます。

桐彦おにーさんはしみじみ言って、にっこり笑いました。

「大丈夫よ、小雪（こゆき）ちゃん。笹原くんがどれだけ小雪ちゃんのことを大好きなのか、私たちはよくわかっているわ。だから信じてあげましょうよ、愛の力ってやつを」

「桐彦さん……」

ママは少しだけじーんとしたみたいでした。

でも、すぐにジト目で桐彦おにーさんを睨みます。

「そういう桐彦さんは、うちの妹のことをどうお考えなんですか？」

「げぶっふ……!?」

桐彦おにーさんがテーブルに突っ伏しました。大ダメージだったみたいです。

ママは淡々と続けます。

「ふたりがお付き合いするのはかまいません。いい大人ですし。でも、いい大人だからこそ責任の取り方ってものがあると思うんですよね」

「えっと、その……今ちょっと仕事が修羅場でして……」

「おにーさん、アニメ化おめでとー」

桐彦おにーさんは小説家で、売れっ子なのです。

だからいつも忙しそうにしています。

そんなおにーさんに、朔夜おねーちゃんはふっと微笑みました。

「桐彦は気にしないで。それくらい私は待てるから」

「朔夜……」

「ここまできたら誤差だから。一年も十年も変わらないよ」

「本当に申し訳ございません……死ぬ気で片付けます」

桐彦おにーさんはテーブルに額をすりつけて誓いました。

朔夜おねーちゃんが高校から大学までずっと猛アプローチを続けた結果、ふたりはお付き合いをすることになりました。

朔夜おねーちゃんはバリバリ働きながら、桐彦おにーさんの身の回りのお世話をしているみたいです。だから、おにーさんはいろんな意味で頭が上がりません。

さくっと釘を刺してから、朔夜おねーちゃんはうなずきます。

「でも、私も桐彦と同意見。お義兄様が浮気なんてありえないよ」

「そうかしら……」

ママの心はちょっぴり揺れます。

信頼している妹から断言されたのが効いたみたいでした。

そして、そこでパパの会社に動きがありました。

「あっ、パパだ」

「なんですって……⁉」

ママがガタッと立ち上がります。

ビルの入り口に、スーツを着た人たちが何人も出てきました。どうやらお仕事が終わったみたいで、中には小春のパパもいます。ママはそれを見て真っ青になりました。

「お、女と一緒だわ……！　やっぱり浮気よ！」

「ただの同僚だと思うよ」

「たった今、あっさりと別れたものね」

朔夜おねーちゃんと桐彦おにーさんは、冷たくツッコミを入れます。

パパは同僚さんたちと別れて、ひとりで別方向に歩き出しました。とってもゆっくりした足取りです。今から喫茶店を出れば、簡単に追いつけそうなスピードでした。

ママは拳をにぎって、メラメラ燃えながら宣言します。

「やっぱりこの目で確かめなきゃ信じられないわ……！　ちょっと行ってくる！」

「はいはい。頑張ってね、お姉ちゃん」

「小春ちゃん、ママのこと頼んだわよ」

「はーい。まかされました！」

わたしは元気よくお返事して、ふたりと別れました。

ママといっしょに喫茶店を出ます。

パパは数十メートル先の交差点で、信号が変わるのをぼんやりと待っていました。信号が青になるのと同時に、わたしたちは少し間を開けて追いかけます。

街にはほかにも多くのひとがいました。

お休みだからか、小春たちみたいな家族で出かけているひとたちもたくさんいました。

そんな賑(にぎ)やかななかで探偵さんごっこをするのは、なんだか特別な気がしてドキドキしました。ママに話しかけるお声も小さくしました。

「でもさ、パパのことだから小春たちがついてってることにきっと気付いてるよ？」

「それくらい分かってるわよ」

ママはパパの後ろ姿を睨みながら、ちっと舌打ちしました。

「あの人ならプロの尾行だって察知して簡単に撒(ま)くわ。それをこうしてゆったり歩いてるってことは……挑発に違いないわ」

「ちょーはつ？」

「『浮気の証拠を掴めるものなら掴んでみろ』って言ってるのよ」

ママは低い声で言います。

パパを見る目は、とってもどんよりしていました。

「余裕をぶっこいていられるのも今のうちよ。絶対に尻尾(しっぽ)を掴んでやるんだから！」

「そうだね。頑張ろうね、ママ」

わたしはそんなママを応援しました。

パパはまず駅前のデパートに入りました。

そのまままっすぐ向かったのは、一階のアクセサリー屋さんです。ショーケースの中にはキラキラした宝石がついた指輪やネックレスが並んでいて、すっごくきれいでした。

「すみません、予約していた笹原です」

「笹原様ですね。少々お待ちください」

パパが話しかけると、店員さんは奥に引っ込んでいきました。

すぐに小さな箱を持ってきてふたりで何か楽しそうに話しはじめます。

わたしとママは少し離れた柱の陰で、それをこっそり観察していました。遠かったので声はほとんど聞こえません。

でも、わたしはとびっきり目がいいです。

だからパパと店員さんの唇の動きで、なにを話しているかがわかりました。

「奥様へのプレゼントですか？」

「あはは、お恥ずかしながら」

だいたいそんな感じです。

「ほら、やっぱりママへのプレゼントを買いに来たんだよ。浮気なんかじゃないよ」

「……いいえ、違うわ」

ママはますます怖い顔になりました。

どれくらい怖かったかというと、通りかかった他のお客さんがビクッとして、さっと目を逸そらすくらいです。小春は慣れているのでへっちゃらでした。

ママは携帯でパパの写真を撮りながら推理します。

「私へのプレゼントなんてありえないわ。だって私の誕生日でも、ましてや結婚記念日でもないんだもの」

「あー、たしかにそうだねえ」

ママのお誕生日も結婚記念日も冬です。今は春なので、ぜんぜん季節が違います。

ちなみにわたしのお誕生日は四月一日です。

ポカポカしてあたたかい日だったので、小春というお名前になりました。

「あっ、ママ！　パパが移動するよ！」

そんな話をしていると、パパが店員さんにお金を払ってお店を出ていきました。

こっちを一度も見ないまま、やっぱりゆっくりと歩きます。絶対に気付いていました。

ママは暗い目で、じっとパパの背中を見つめて言います。

「……追いかけるわよ」

「うん！」

そのままパパはデパートを出て、すぐ近くのお店に入りました。

「お花屋さん……」

「わっ、きれーな花束だ！」

ここでもパパは予約していたようで、話しかけるとすぐに店員さんが大きな花束を持ってきました。ピンクと白のお花がたくさん包まれていて、わたしの顔よりずっと大きかったです。

それを店員さんから受け取って、パパはニコニコしていました。

店員さんもニコニコしています。

「ご注文通りに仕上げました。記念日ですか？」

「ええ、そんなところですね」

パパはちょっと恥ずかしそうにそう言って、花束を抱えてお店を出て行きました。

そのまままたまっすぐどこかへ向かいます。

「あっ、小春たちも行かなきゃ！　次がたぶん最後だよ！」

次の場所も、だいたいのけんとーがついていました。

わたしはワクワクしてパパの後を追いかけようとします。

でも、すぐに立ち止まりました。ママがパパの背中を見つめたまま、一歩も動かなかったからです。さっきまで怖い顔をしていたのに、そのときはぜんぜん違いました。どこかぼんやりして、心がどこかに飛んでいってしまったみたいでした。

わたしは不安になって、ママの手を引っ張ります。

「ね、ねえママ、パパが行っちゃうよ。早く追っかけなきゃ……」

「……そうね」

ママは少しだけ目を閉じました。

その間もパパはゆっくりと遠ざかっていきます。

人混みの中にパパが消えるか消えないかというころ、ママはそっと目を開きました。

そうして痛いのを隠すような笑顔で、わたしにこう言いました。

「もう、尾行はやめましょうか」

「えええっ⁉」

それから本当に、ママはパパを追いかけるのをやめました。

わたしの手を引いて、正反対の方へ歩き出します。わたしはどうしていいのか分からなくて、でもママを放っておけなくて……パパを振り返らずに、ママといっしょに行きました。

にぎやかな街を出ると公園がありました。

ママとパパといっしょに、何度か来たことのある公園です。

もう夕方になっていたので、遊んでいる子も少なくなっていました。

まっ赤な空を、カラスがかぁかぁ鳴いて飛んでいきます。

そんな寂しい公園で、わたしとママは並んでベンチに座りました。

ママはしょんぼりしてうつむいています。そんなママは、なんだか小学一年生のわたしより小さく見えました。

「ママ……大丈夫？」

「ええ、平気よ。ごめんなさいね、小春」

ママはにっこり笑ってそう言います。

いつもの優しいママとおんなじ笑顔ですが、無理しているのが分かりました。

ママは長めのため息をついて、小さな声でぽつりと言います。

「直哉くんがほんとに浮気していたなんて……どうしたらいいのかしら」

「い、いやあのね、パパはね、ほんとはね――」

「いいのよ、小春。子供は気を使わなくたって」

わたしが説明しようとしても、ママは疲れたように首を横にふります。

そこで満を持して主役が登場しました。

「尾行はもう終わりか？」

「っ……！」

花束とアクセサリー屋さんの袋を手にしたパパです。

目の前に現れたパパに、ママは目をつり上げて怒ります。

「よくもおめおめと顔が出せたわね！　この浮気者！」

「うぐっ……誤解されてるのは分かってたけど、実際口に出して言われると傷付くな……」

パパは胸を押さえて苦しみました。

公園にいた人たちが騒ぎに気づいてママたちに注目します。

なんだか映画のワンシーンみたいでした。

わたしはベンチを立って、パパに言います。

「もう、パパ。ちゃんとママに教えてあげなよね」

「もちろん分かってるよ」

パパは軽くうなずいて、ママの前に立ちます。

「小雪。その――」

「やだ……！　聞きたくない！」

ママは耳を押さえて叫びました。

ずっと我慢していた涙がぽろぽろとこぼれます。

「私はまだまだこんなにあなたのことが大好きなのに……！　それなのに浮気するなんて、不公平だわ！」

「不公平と言われてましても……」

パパはちょっぴり眉をひそめました。

ママの涙をぬぐおうとして、手を伸ばします。

「俺の一番は十五年前からずっと小雪だけだ。他の誰でもない、小雪だけがいいんだよ」

「口では何とでも言えるじゃない！」

ママはパパの手をばしっと叩きました。

そのままわんわんと声を上げて泣き出します。

「やだやだぁ……！　なおやくんが誰かに取られちゃうなんて、そんなのやだぁ……！」

「う－ん……気付くか気付かないか、半々くらいだと思ったんだけどなあ。俺の勘もまだまだか……」

パパはがっくりとうなだれます。

そんなパパに、わたしはそっと声をかけました。

「パパはママに自分で答えを見つけてほしかったんだよね。そうでしょ？」

「うん。でも、こうなるくらいなら最初から言っておけばよかったな……」

パパはため息を吐いて反省しました。

ママの顔を覗きこみながら、静かな声で言います。

「あのな、小雪。小雪は大事なことを忘れてる」

「な、なによぉ……」

「今日は俺たちが出会って十五年目の記念日だろ」

「へ」

ママが泣き止んで、目がまん丸になりました。

そんなママの顔をハンカチで拭きながら、パパは続けます。

「ほら。十五年前のあの日、変なナンパから助けてやっただろ。忘れたのか？」

「………え？」

ママがぴしっと固まりました。春のぽかぽか陽気の中なのに、凍り付いたみたいでした。

しばらくママはじっと黙りこみました。

その間に思い出したのか、じわじわと顔が真っ赤になっていきます。

最終的に耐えきれなくなったのか、ぷるぷるしながら叫びました。

「あ、あの日⁉　あの日が今日なの⁉　ほんとに⁉」

「そう。で、これが記念のプレゼント。はいどうぞ」

パパはアクセサリーの袋と花束をママにずいっとさしだしました。プロポーズみたいです。

ママはプレゼントとパパを見比べます。

それからさっと目を逸らして、ぼそぼそと言いました。

「……い、いえ。まだ浮気の疑いが晴れたわけじゃないわ。本当は浮気相手へのプレゼントなのに、誤魔化(ごまか)すためにそう言っているのかもしれないし……」

「雪のネックレスなんて小雪にしか送らないよ」

パパはそう言って、箱からアクセサリーを取り出しました。

出てきたのは雪の結晶の形をしたネックレスです。小さな宝石がたくさん付いていて、キラキラぴかぴかしていてとっても綺麗(きれい)でした。

パパはそれをママに付けてあげてから、にっこり笑って言います。

「特注だから、小雪のイニシャルも入ってる。それでもまだ浮気を疑うっていうのなら、携帯も好きなだけ見てくれていいし……なんなら最終手段でうちの親父(おやじ)でも呼ぶか？」

「それもいいね、おじーちゃんなら一発で見抜いちゃうもん」

そういうわけで、パパは浮気なんてしていませんでした。

最近帰りが遅かったのも、携帯を隠していたのも、そわそわしていたのも、このプレゼントを準備するためだったのです。いわゆるサプライズです。

それで、ようやくママも分かってくれたみたいでした。

少しの間、ママはぽかんとパパを見つめていました。

でもそのうちお顔が見えないくらいにうつむいて、ぽつりと言います。

「ご……」

「ご？」

「ごめんなさいいいいいい……！」

ママはさっきよりもボロボロと泣いて、パパにがばっと抱き付きました。

そんなママの背中をさすりながら、パパは言います。

「いいっていいって。俺も不安にさせてごめんな」

「ううん……疑っちゃった私が一番悪いんだもん……」

ママはすっかり落ち込んでいました。

涙でぐしゃぐしゃになった顔を上げて、わたしにも謝ります。

「小春もごめんねぇ……ママったら娘を振り回して、ママ失格だわ……」

「そんなことないよ、ママ」

私は首をぶんぶんと横に振りました。

この日はとっても楽しかったからです。なぜなら――。

「パパとママとおでかけできて、小春はすっごくたのしかったもん！」

「俺は尾行されただけなんだけどな」

「あれって家族のお出かけって言えるのかしら……」

パパもママも顔を見合わせます。『たくましい子に育ったなあ』と言いたげでした。

ともかくこれで問題解決です。

パパはごほんと咳払いしてから、ママの手を取ってベンチからそっと立ち上がらせます。

そうして、まっすぐママを見つめて言いました。

今度こそ本物の決め台詞です。

「小雪、俺と出会ってくれてありがとう。これからもずっとそばにいて、一緒に年を取っていってほしい。お願いします」

「うん……！　お爺ちゃんお婆ちゃんになっても、ずっとずーっと一緒だからね……！」

「おめでとー！」

ママがまたパパに抱き付いたので、わたしは力いっぱい手を叩きました。

公園にいた他のひとたちも、何が何だか分からないなりに拍手を送ってくれました。

そういうわけで、わたしの家族はとっても仲良しです。

めでたしめでたしです。

◇

「それでね、そのあとパパが予約してたレストランに行ったの」

「ふーん……」

「夜景がきれいで、料理もすっごく美味しかったんだよ！　いいでしょー！」

「そっかー……」

放課後の小学校。

他の子供たちがみんな帰ってしまった教室に、小春の弾んだ声が響く。

それに生返事するのはひとりの少年だ。活発そうな見た目だが、眉間に寄ったしわは深くてどこか険しい顔をしている。彼が目を落としているのは作文用紙の束だった。

小春は首をかしげてみせる。

「どうしたの、良太くん。小春の作文、変だった？」

「いや、作文としてはいいと思うけどさ……」

良太と呼ばれた少年は、作文用紙からそっと顔を上げた。

小春と作文を見比べてから、意を決したように問いかける。

「この作文さあ、おまえの母ちゃんに見せたのか？」

「ううん。見せたら絶対書き直せって言われるもん。だからナイショなの」

「こんなのを参観日で読まれる身にもなれよな……晒し者じゃねーか」

「だって、これがうちで一番ホットなエピソードなんだもん。発表のときはもう少しマイルドにするから大丈夫だよ」

「どう誤魔化したところで、おまえの母ちゃんがダメージ受けるのは確実だぞ」

良太は呆れたように作文用紙を返そうとする。

しかしそこでふと思い出したとばかりに首をひねるのだ。

「あと、俺のことも書いてたけど……おまえに『けそー』してる幼なじみって、あれはどういう意味なんだ?」

「さあ?　なんなんだろーねー?」

小春はただにっこりと微笑むだけだった。

七章 やたらと察しのいい幼馴染みがぐいぐいくる

下校のチャイムが鳴り響き、本日の戦いがまた幕を開けた。

わいわい騒ぐクラスメートたちを横目に、俺――天野良太は気配を殺して教室を出た。

迅速に、それでいて周囲を警戒しながらまっすぐ靴箱へと向かう。

もちろん一番乗りだった。ホッとしつつ自分の靴に手を伸ばしたところで……明るい声が降りかかる。

「やっほ、良太くん」

「うっ……!?」

思わずびくっと肩が跳ね、俺はゆっくりと振り返った。

靴箱の陰から現れたのは、はっと目の覚めるような美少女だ。

日本人離れした美貌を有し、胸もそれなりにデカくてスタイル抜群。肩よりすこし下で切りそろえられた銀の髪は絹糸のようにきらめいている。名前は笹原小春。

小春は軽い足取りで近付いてきて、こてんと首をかしげてみせた。

「良太くん、今日は柔道部がお休みなんだね。だったら一緒に帰ろうよ」

「え、えーっとその……それは無理なんだ、小春」

俺はなるべく言葉を選んでゆっくりと言う。

美少女からの下校のお誘い。男なら誰でも憧れるシチュエーションだろう。

しかしそれを受けるわけにはいけない理由があった。

「昼休みに言ったけど、今日はちょっと用事があるんだ。だからおまえと一緒には——」

「うん、知ってるよ」

小春は俺の言葉を遮って、にっこりと笑う。

子供のような無邪気さと大人のような妖艶さが入り交じり、くらくらするような笑顔だ。持ち前の美貌が際だって、並の男なら一発で惚れてしまうほどの破壊力を有している。

しかし俺は別の意味でドキドキしていた。

冷や汗をかいて固まる俺に、小春は何でもないことのように続ける。

「今日はずっと楽しみにしてた、ちょっとエッチなマンガの発売日だもんね。家でゆっくり堪能したいし、私に見られるのも嫌だしで、私を撒こうとしたんだよね？　違う？」

「ああそうだよ、悪いか畜生！」

俺は頭を抱えて絶叫した。

小春の言うとおり、こいつを撒いて本屋に行くつもりだったのだ。

計画はみごとに破綻して、逃げ道は断たれたも同然だった。

そんな俺に、小春はほんの少しだけ肩をすくめてみせる。

「悪いなんて言ってないでしょ。思春期なんだから仕方ないよ」

「そういうことを暴くな、っってんだ！　俺のプライバシーをなんだと思ってるんだよ⁉」

「私は気にしないけどなあ」

小春はおっとりと笑う。

そうかと思えばぽっと頰を染め、すこし目を逸らしがちに言うことには——。

「そのエッチなマンガのヒロインがちょっと私に似てたりしても……見て見ぬ振りをするくらいの配慮ができるんだからね」

「おまえのそういうところが嫌なんだよぉ……！」

俺は膝を突いて項垂れるしかなかった。

そのころにもなれば靴箱に他の生徒たちがぽつぽつと現れはじめ、みんなもれなく俺たちへと生温かい目を向けてくる。

「まーたイチャイチャしてるよ、あのふたり」

「そろそろうちの学校の名物に加えてもいいんじゃないか？」

「いつになったら本格的に付き合うんだろうねえ」

外野が好き勝手な言葉を投げかけてきたので、ますますげんなりしたのは言うまでもない。

どいつもこいつも、他人事だと思いやがって！

◇

俺と小春は、いわゆる幼馴染みだ。

初めて会ったのは幼稚園のころ。ちょうどこんなふうに温かい春の日だった。

隣のクラスに遊びに行くと、小春がひとりで絵本を読んでいた。窓から差し込む光が銀の髪に反射して、その一画だけやたらとキラキラしているように見えたのを覚えている。

だから、そのときの俺はこう思ったのだ。

（きれいな子だなあ……お姫さまみたいだ）

もちろん声には出しちゃいない。それなのに小春は突然こっちを見た。

青空よりももっと澄んだ瞳に見つめられて、俺は当然ドキッとした。しかし、もっと驚くべきことが起こる。小春はにっこり笑ってこう言ったのだ。

『ありがと！　お姫さまみたいだなんて、てれちゃうなあ』

『……は？』

小春はやたらと察しがいい。

超能力かと思うくらいに、なんでもズバズバと言い当ててしまう。

ひと目見ただけで相手の考えていることを当てるなんて朝飯前。そのひとの詳細なプロフィールだったり隠し通したい秘密だったりも、なんでもかんでも見抜いてしまう。

そんなあいつの母ちゃんは臨床心理士をやっている。あちこちで講演を開くほど人気の先生だが……その才能を小春が受け継いだわけじゃない。

本当にヤバいのはあいつの父ちゃんと爺ちゃんだ。

どっちもただのサラリーマンなのに、あのふたりは妖怪レベル。ふたりとも初対面で『きみが良太くんか。小春を末永くよろしく』なんて牽制してきたものだ。

そんな妖怪たちの血を引く小春とは腐れ縁だ。

幼稚園から小学校、中学校ももちろん一緒。

高校で離れるかと思ったが、お互い無事に第一志望の大月学園に受かってしまった。

今年の春に入学して同じクラスになって、相変わらず付き合いは続いている。

こうやって並んで帰るのももはや日常風景だ。

まだ夕暮れには早く、空はからっとして澄み切っている。

電車の窓から見える木々も青々と茂っていて、実に爽やかな帰り道だ。他の乗客たちも学校や仕事を終えて、どこかホッとしたような表情を浮かべている。

だが、俺の気分はまったくといっていいほど晴れなかった。

窓ガラスには、眉が限界まで寄った凶悪な顔が映り込む。部活でそこそこ鍛えているので、余計に威圧感がマシマシだった。

「もう、良太くんったらどうしてそんなに不機嫌なの？」

そんな俺に、隣の小春がにこやかに尋ねてくる。なんだかやたらと楽しそうだ。

俺は小春を軽く睨み、低い声で言う。

「おまえなら理由が分かるだろうが」

「うーん。分かるんだけど、理解はできないんだよね」

「だったら俺の言葉で教えてやる」

足を止め、小春にびしっと人差し指を突きつける。

「ひとの性癖を察するな！ 指摘してくるな！ なんかこう……歪みそうになるだろうが！ 俺の健全な思春期を返せ……！」

「だから、私は別に気にしないって言ってるのに」

「俺が気に病むんだよ！」

「いいじゃない、その『異世界転生したら無双せず銀髪美少女とただただイチャイチャするだけのヒモ生活が待っていました』だっけ？ 私も面白そうだと思うしさ」

「ダメ押しとばかりにタイトルを口にするんじゃねえわ……！」

小春はあくまで飄々としたままだ。

幼馴染みがエロマンガを買うことに、一切の不快感がないらしい。普通の女子なら罵ってくるところだろうが、完全に受け入れてしまっているようだった。

怒鳴るのも疲れたので、俺はおずおずと尋ねる。

「おまえさあ……いったいどうやってそのマンガのことを知ったんだ？　もちろんひと言も言ってないし、紹介されてたサイトの履歴も消したのに……」

「なんとなく？　本屋さんで同じ作者さんの本をちらっと見てたからね」

「二度とおまえと出かけねえ……」

がっくりうなだれつつも、きっぱりと言っておく。

「とにかく男には色々あるんだよ。ほっといてくれ」

「そんなわけにはいかないよ」

小春は軽い足取りでわずかな距離を詰める。

そうして俺の耳に唇を寄せ、ぼそっと言うことには——。

「マンガだけで、ほんとに満足なの？」

「は……？」

ぴたりと思考が止まる。凍り付いたといった方が正しいか。

見れば小春は目を細めて薄く微笑(ほほえ)んでいた。

これまでの無邪気な笑みから一転、どこか小悪魔めいた色香の漂う表情だ。

小さく赤い舌で唇をなめて、いたずらっぽく続ける。

「ここに実際の銀髪美少女がいるんだよ？　良太くんさえその気になれば……あんなことも、

こーんなことも、してあげてるんだけどなー」

「うっ、ぐ……⁉」

あからさまな誘惑に、顔が一瞬で真っ赤に染まるのが分かった。

小春は腕を広げてにっこりと笑った。

「どうする？　私はいつでもバッチこいなんだからね」

小さな体から、聖母のような包容力が迸る。

そんな小春に俺はごくりと喉を鳴らし――きっぱりとノーを突きつけた。

「いいや、ダメだ！　遠慮しとく！」

「はあー？　またそれ？」

小春は呆れたような声を上げ、ぶーっと口を尖らせる。

そのついでに俺の肩をバシバシと強めに叩いてくる始末だった。

「こんな美少女に誘惑されるなんて、世界一の幸せ者なんだよ？　素直になりなよね、良太くん」

「うるせえ、絶対になびくもんか。おまえの誘いに乗ったら男が廃るわ」

俺は目をつり上げて、真っ向から小春に言い放つ。

「だいたいなあ！　俺はおまえのことなんて、その……好きでもなんでもないんだからな！」

「えっ……そんな照れちゃうなあ。こんな街中で『おまえのことが大好きだ！』なんて叫ばないでよ、もう」

「おまえはどんな耳をしてるんだ⁉」

のれんに腕押しどころか、殴りかかったのれんに四肢を拘束された感じだ。

鈍痛を訴えるこめかみを押さえ、俺はなおも抗議を続けようとする。

「だいたいおまえは――」

「あっ、ちょっと待って」

だがしかし、それは硬い面持ちの小春に遮られてしまった。

視線は俺を通り越し、車両の端へと向けられていた。

何人もの乗客がいる中で、若い女性が立っている。その背後にはスーツを着た中年男性がいた。男の距離が少し近いように思えたが、一見するとどこにでもあるような光景だ。

だが小春はその女性を見据えたまま、ぽつりと言う。

「あの女のひと、たぶんスカートの中を盗撮されてる」

「マジかよ……？」

「うん。間違いないよ」

小春はきっぱりと断言した。

俺の目からは他の乗客が壁となってよく見えない。だがしかし、小春がそこまで言うのなら本当のことなのだろう。

小春はやたらと察しがいい。

そのため、困っている人を見極めるのが異常に上手いのだ。

これまでにも数々の事件を解決した実績がある。

かく言う俺も昔、こいつに助けてもらったことがあって——そこまで思いを馳せたところで、小春はキリッとした顔で言う。

「よーし、そういうわけだから……行くよ、良太くん！」

「へいへい。いつものやつな」

俺は軽く腕まくりをして盗撮犯（暫定）を睨め付ける。

小春が異変を察して荒事になりそうなときは、俺が矢面に立つのが常だ。

番犬とか助手とかボディーガードとか、肩書きはそんな感じだ。

小春は俺を振り返って嬉しそうに笑う。

「えへへ、ありがとね。頼りにしてるよ、良太くん」

「……気にすんなっての。適材適所だし、幼馴染みだろ」

その屈託のない表情にドキッとしつつ、俺は小春に背を向けてまっすぐ不届き者のもとへと向かう。

口ではあんなことを言っても、実際は小春の言うとおり。

俺はこの幼馴染みのことが、初めて会ったときからずっと好きなのだ。不本意なことに。

◇

その次の日。

まだ朝も早い時間に、俺はいつも通りに家を出た。部活の朝練があるからだ。

そのせいで登校は小春と被ることがない。最初のうちは頑張って起きて、俺に付き合おうとしていたがすぐにギブアップした。あいつは昔から朝が苦手なのだ。

そういうわけで、登校時間はひとりの開放感を堪能できる貴重な時間だった。

しかしその日はハプニングがあった。

「や、良太くん。久しぶり」

「……うっす」

小春の家の前を通りかかったとき、妖怪に出くわした。

笹原直哉(ささはらなおや)さん……もちろん小春のパパである。見た目は若々しくて、ギリギリ二十代でも通るくらい。人好きのする笑顔がよく似合う穏やかなひとだ。

ただし中身はくせ者だ。

俺はもちろん警戒心マックスなのを隠そうともせず——なにしろ、このひとに隠しごとなんてしてもムダなので——直哉さんに低い声で問いかけてみる。

「なんすか、俺を待ち伏せしてたんですか？」

「いや、ちょっときみと話がしたくなって」

直哉さんはニコニコと笑う。

何もかも見透かしたような表情が小春とまったく同じで、血のつながりを嫌というほどに感じさせた。

「盗撮されていた女性を助けたそうだね。お手柄じゃないか」

「手柄なんてもんじゃないですよ。逃げられちゃいましたし……」

俺はため息交じりに言う。

あのあと盗撮犯を押さえに向かったものの、ちょうど電車が駅に着いてしまった。

男には乗降のどさくさに紛(まぎ)れて逃げられてしまい、警察に引き渡すことができなかった。

気合いを入れて臨んだわりに、間抜けなオチだ。

しかし直哉さんはくすりと笑う。

「そうかな？　小春は感謝してたよ。『良太くんがいてくれたから、あのお姉さんを助けられた』ってね」

「まあ、それだけは怪我(けが)の功名ですかね……」

被害に遭っていた女性は気付かなかったそうだが、涙ながらに感謝してくれた。

犯人こそ逃したものの証拠のカメラは押さえて警察に渡してあるので、あの不届き者が捕まる日も近いだろう。

「まあ、それはそれとして」

直哉さんはさらっと話を変える。

たぶんここからが本題なのだろう。彼はあいかわらずの笑顔でこう言った。

「また小春の誘惑をスルーしたんだって？」

「そうです。またもやです」

「きみもなかなかどうして強情だなあ」

直哉さんはくすりと笑う。

「小春がいいって言ってるんだし、ちょっと甘えてもバチは当たらないと思うんだけど。きみは昔から、うちの小春のことが好きなんだろ？」

「そうですよ、小春のことは好きです」

好きな子の父親に、そんなことを堂々と宣言する。

ハードルがバカ高いはずの所業を、俺はあっさりとクリアした。

このやり取りも何度目になるか分からないからだ。

ここから続く文句も決まり切っていた。

「でもあいつは……小春は俺のこと、好きでもなんでもないでしょ⁉」

「……はあ」

直哉さんは生返事をする。これもいつも通りの反応だ。

俺は声を荒らげて頭を抱える。

「いいんですよ、分かってるんですよ！　俺たちはただの幼馴染みだし、もう半分家族みたいなもんだし……異性として意識しろって方が間違ってるんですから！」

「いやでも、好きでもない男の子に『イチャイチャする？』なんて誘うと思うかい？　うちの小春はそんなふしだらな子じゃないんだけど」

「俺が怖じ気付いて突っぱねるって読んでのことでしょ。あいつならやります」

脳裏に蘇るのは、昨日の小春の言葉だ。

『ここに実際の銀髪美少女がいるんだよ？　良太くんさえその気になれば……あんなことも、こーんなことも、してあげてるんだけどなー』

それに俺が乗れないことも、あいつは計算尽くなのだ。

小悪魔なんて可愛いもんじゃなく、もっと恐ろしい何かだ。

「あいつには俺の好意が筒抜けだから、からかって遊んでるだけなんですよ！　そうなんでしょ、直哉さん⁉」

「いやあ……それは俺の口からはなんとも、うん」

直哉さんは何故かそっと目を逸らす。

これも含めていつものパターンだった。

目を逸らしつつも、なんだか懐かしそうに苦笑する。

「うちの奥さんも、昔は拗らせて俺に当たったりしていたけど……君も君で別ベクトルに拗れてるねえ」

「えっ、マジですか。ご夫婦めちゃくちゃラブラブなのに？」

「あはは、本当だよ。たとえば――」

直哉さんが口を開いた、そのときだ。

「ちょっと直哉くん⁉」

玄関扉が開いて、銀髪美女が顔を出した。

笹原小雪さん。小春のママさんだ。

いつ見てもびっくりするような美人だし、高校生の子供がいるようには到底見えないほど若々しい。他にもいろいろ褒めたくなる美貌だが、これ以上は直哉さんが怖いので考えないようにする。

ともかく小雪さんは俺と直哉さんを見て、ぐぐっと目をつり上げた。

「また良太くんを虐めていたのね。もう、いい加減にしなさいよ」

「人聞きが悪いなあ。単に娘の幼馴染みと立ち話してただけだって」

「嘘おっしゃい。どうせまた小春のことでチクチクやってたんでしょ」

小雪さんはすぱっと断じて俺に向けて頭を下げる。

「ごめんなさいね、良太くん。うちの旦那と娘が、いろいろと心労をかけて……」

「小雪さん……」

そんな彼女に、俺はどんっと胸を叩いて言う。

「大丈夫です。このくらいでめげてたら、アイツの幼馴染みなんて務まりませんから」

「本当にごめんなさいね……？」

小雪さんはますます申し訳なさそうに眉を寄せた。

小春に振り回され、直哉さんにいじられ、それを小雪さんが謝罪する……みたいな流れが完全に定番化していた。長い付き合いなので今更だ。

そこでふと、先ほど直哉さんがつぶやいていたことが気になった。

いい機会なので、おずおずと小雪さんに尋ねてみる。

「ところでその、ちょっと聞いたんですけど……小雪さんも昔いろいろと拗らせてたってほんとですか？　いったいどんな感じだったんです？」

「何を言ったのよ直哉くん⁉」

「事実だけだよ」

怒鳴りつけられても、直哉さんは悪びれることもなく肩をすくめた。

小雪さんはこめかみを押さえて呻くばかりだ。

「私が拗らせてたのは、まあ自分の性格のせいもあるけど……大部分がこの人のせいよ。分かるでしょ」

「まあ、だいたい予想は付いてましたけど……具体的には？」

「『分かってるって、どれだけ悪態をついてても心の底では俺のことが好きなんだよな、うんうん』みたいなことをしたり顔で囁かれてごらんなさい。当然拗らせるでしょ」

「俺とほぼ一緒じゃないっすか……」

たしか直哉さんと小雪さんは高校からの付き合いだ。

思春期まっただ中の時期に、そういう図星を突かれることがどれだけキツいか……たぶん経験者にしか分からないだろう。

青ざめる俺に、小雪さんは笑う。

「でもまあ、それもひっくるめて出会ってよかったと思うわ。癪ではあるけどね」

「何から何まで同意します」

俺と小雪さんは深々とうなずき合った。

なんだか戦友としての絆が芽生えた気がした。

そこで、直哉さんが珍しくムッとしたように片眉を寄せる。

「小雪とそれ以上仲良くならないでほしいなあ。うちの奥さんなんだけど」

「そもそもはあなたが虐めるからでしょ」

小雪さんはそんな夫をじろりと睨み付けた。

そこで開け放した玄関扉から、小さな少年が顔を出す。どことなく直哉さんに似た子だ。

この春、小学校に上がったばかりの小春の弟である。

「ママー。叩いてもつねってもおねーちゃんが起きないよ、どうしたらいい？」

「あーもう……待ってて、冬哉！　やっぱりママが起こしに行くわ！」

「おう、冬哉。おはよ」

「お、おはよ」

冬哉に手を振ると、彼は恥ずかしそうにはにかんで引っ込んでしまう。

しかしすぐにまたそっと外を覗き込み、小さく手を振った。

「じゅーどーの練習がんばってね、りょーた兄ちゃん」

「ありがとな。冬哉も小学校がんばれよ」

「うん！　またね！」

そう言って冬哉はぱたぱたと足音を響かせ消えていった。

見た目は直哉さん似だが、中身は小雪さん寄りでシャイな子だ。

そんな息子を追いかけつつ、小雪さんは夫へ人差し指を突きつける。

「いいこと、それ以上良太くんにへたなことを吹き込んでごらんなさい。二度とチューしてやらないんだからね」

「それは困るなあ。心得ました」

直哉さんは両手を挙げて従順のポーズを取った。

家の中に消えたお嫁さんを見送って、改めて俺に振り返る。

「そういうわけだから、小春のことよろしくね？」

「善処します」

俺は直哉さんに頭を下げて、そのまま学校に向かった。

朝練を終えて教室に行くと、HRで担任から俺と小春は名指しで褒められることとなった。警察やあの女性から直々にお礼の電話があったらしい。

クラスメートたちは「すごーい」なんてもてはやすが、同じ中学だったメンツは慣れたもので反応が薄い。入学して間もないためクラスのテンションに大きく開きがあるものの、そのうち後者がデフォルトになる日も近いことだろう。

ともかくそのためか、小春は丸一日ご機嫌だった。

放課後、俺の部活が終わるのを待って寄り道に誘われた。

引っ張ってこられたのは駅近くのショッピングモールだ。そこのアイスクリーム屋が小春はお気に入りで、俺も無理やり付き合わされた。

「えへへ、お手柄だって褒められちゃったね」

「そうだな」

小春は三段アイスを器用にぱくつき、俺は質素にバニラを一段。

どうやらこれが彼女なりの祝杯らしい。

ニコニコと笑顔を絶やさない小春を見ていると、小さな疑問がむくむくと膨れ上がるのを感じた。アイスを食べきって質問を投げかけてみる。

「盗撮犯を追い払うくらい、おまえにとっては日常茶飯事だろ。それをいちいち褒められたからってそんなに嬉しいもんか？」

小春はひと目見ただけで何でも察してしまう。

それこそチート探偵と言っても過言ではない。

たとえるなら、シャーロック・ホームズが振り込め詐欺犯を捕まえたところでドヤるだろうか？

すると小春はきょとんとして言う。

「もちろんだよ。だって、昨日のお姉さんはよろこんでくれたでしょ」

「まあ、たしかに……」

「おまけに昨日は良太くんと一緒に退治できたんだもん、嬉しいに決まってるじゃない」

小春は悪戯（いたずら）っぽく笑ってみせてから、わざとらしく俺にしなだれかかってくる。

もちろん上目遣（うわめづか）いも忘れなかった。

「いわゆる夫婦の共同作業ってやつだね♡」

「警察がらみの事件をそんなふうに言えるの、おまえだけだぞ」

そんな小春を手で押しのけて、俺は深々とため息をこぼす。

「でもやっぱ、おまえは相変わらずなんだな」

「相変わらずって？」

「主人公っていうか、ヒーローっていうかさ……」

俺はぼそぼそと言葉をつむぐ。

幼馴染みの美少女相手に何を言い出すんだと思われるかもしれないが、小春はからかうこともなく俺の話を聞いてくれた。俺の気持ちなんかずっと見透かしていたからだろう。

小春は苦い笑みを浮かべてかすかにうつむく。

「相変わらず、あのときのこと気にしてるんだ。ごめんね、もっと早く見つけられたら良太くんが怪我（けが）することもなかったのにさ」

「そんなことない。おまえのおかげで助かったんだ」

今から十年ほど前のこと。

小学校に上がったばかりだった俺と小春は、遠足でとある山を訪れていた。

今よりもっと頭の足りないヤンチャ坊主だった俺は、なんの変哲もない芝生の広場に飽き飽きしていた。そこで先生たちの言いつけを無視して、友達たちを引き連れて立ち入り禁止のテープを無視して山に踏み入ったのだ。

探検と称して変わった植物や虫を見つけたり、鬼ごっこをしたり――俺たちは山を存分に遊びつくし、そうしてあっけなく遭難した。

ハッと気付いたときにはもう夕暮れで、あたりは薄暗くなりはじめていた。

俺たちはそのときになってようやくバカなことをしたと悟ったのだが、時はすでに遅く、帰り道は見当も付かない上、どれだけ声を張り上げて助けを求めても返事がかえってくることはなかった。もう二度と家に帰れないのだと、あのときは本気で思った。

みんなべそをかいていて、リーダーを気取っていた俺も今にも泣きそうだった。

転んで膝を擦りむいて、あちこち泥と血だらけだった。痛くて怖くて寂しくて、誰でもいいから助けてほしかった。

そんなとき、背後の茂みがガサガサと動いたのだ。

もしや熊か……なんて騒然とする俺たちの前に現れたのは小春だった。

小春は俺たち以上の泥だらけで、それでもにっこり笑ってこう言った。

『やっぱりここにいた！』

『こ、こはる……？』

『うん。小春が助けにきたよ、りょーたくん！』

きっぱりとそう言って、小春は俺に手を差し伸べた。

夜闇に沈みはじめた山の中、その小さな手は太陽のように輝いて見えた。

そのあと小春に導かれ、俺たちは無事に元の広場に戻ることができた。もちろん大人にはこっぴどく叱られたし、小春も一緒に叱られた。

後で聞けば、小春は俺たちの足跡などから居場所を推理して追いかけてきたらしい。

このことがあって、小春は俺たちの世代では名探偵として伝説となっている。

かく言う俺も、その名探偵に心酔するひとりなのだ。

「あのときのおまえは本当にカッコよかった。あの日からずっと、おまえは俺のヒーローなんだよ」

「良太くん……」

小春はじっと静かにその話を聞いていた。

しかし話が終わるや否や、ぶすっとした顔をするのだ。

「だから私が、良太くんのことを好きでもなんでもないって思うの？　ヒーローだから？」

「うぐっ……おまえ、今朝の話を聞いてたのかよ」

どうやら布団の中で直哉さんとの会話をうかがっていたらしい。

開き直ろうとする俺だが、小春が先制攻撃を仕掛けてくる。

ぴとっと身を寄せて向けてくるのは、ふて腐れた子供のような上目遣いだ。

「パパも言ってたけど、好きでも何でもない男の子にこんなことしないんだけどなー？」

「……俺が怖じ気付くのを織り込み済みで、からかってるだけだろ」

「何よ、それ」

小春はムッとしたように口を尖らせる。

そのますますこしうつむき加減で、ぽつぽつと言うことには――。

「いくら心が読めたって、私は普通の女の子なんだよ？　好きな人からそんな風に思われてるなんて……ショックだな」

「こ、小春……」

その寂しげな横顔に、俺はごくりと喉を鳴らした。

好きな人。

思いを寄せる女子からそう呼ばれて、ドキッとしない男はいないだろう。

（ひょっとして、これはマジで脈ありだったりするのか……？）

俺が薄らとそんな希望を抱いたころ――。

「……ぷっ」

小春は小さく噴き出した。

そのままお腹を押さえてケラケラと笑う。目にはうっすらと涙すら浮かんでいた。

「あはは、こういうアプローチもけっこう効くんだね。今後の参考にさせてもらうよ」

「おーまーえー……！」

俺は肩を震わせるしかない。心臓は全力疾走したあとみたいにバクバクしていた。

どうやら完全に遊ばれてしまったらしい。

「俺の純情を弄んでそんなに楽しいか!?」

「だって、そうすると良太くんの頭の中は私でいっぱいになるじゃない」

小春は悪びれることもなくそう言って、やけに無邪気ににっこりと笑う。

「それがすっごく嬉しいんだよね」

「やっぱり好きでもなんでもない、オモチャ扱いじゃねーか！」

「そこまでは言ってないんだけどなあ」

ニコニコする小春である。

小悪魔なんて甘いもんじゃない。これじゃもはや大魔王だ。

俺は溜まりに溜まった鬱憤を込めて宣戦布告をびしっと突きつける。

「もう怒った！　ちょうど本屋も近いことだし……これから例の銀髪美少女エロマンガを買ってきて、おまえの目の前で読んでやる！　おまえを想像してオカズにする俺の胸中を読んで、おまえも悶えるといい！」

「うっ、それはたしかにちょっぴり恥ずかしそうだけど……私より、むしろ良太くんに大ダメージなんじゃないかな？」

「身を切らせて骨を断つ作戦なんだよ！　そこで大人しく待ってやがれ！」

「はいはい。お早めにねー」

にこやかに手を振る小春を残し、俺は足早にアイスクリーム屋を後にした。

本屋はショッピングモールの上階にあって、エスカレーターを上ったすぐそこだ。

目当てのものを購入すると、そこですっと冷静になった。

襲いかかってくるのはひどい羞恥心だ。

エロマンガの入った袋を手に、俺は自問する。

「俺はいったい何をやってるんだ……？」

完全に小春の手のひらの上だった。

しかしこれだけ遊ばれても嫌いになれないのだから、惚れた弱みというのはすごい。

「どうやったら、あいつも俺のこと意識してくれるんだろ……うん？」

いろんな意味で凹んでいると、ふとエスカレーター下が目に入った。

アイスクリーム屋で待つと言っていたはずなのに、小春はオロオロした様子で。

そこにスーツを着た中年男性が大股で近づいていく。「昨日はよくも……！」だの「大恥を掻かせやがって！」だのといった罵声がモール中に響き、あたりは一気に騒然とした。

それを見て、俺は一目散に走り出した。

エスカレーターを数段飛ばしで駆け下りていけば、男が小春に手を伸ばすところだった。

小春はびくりと怯えて身をすくめ、逃げられない。

涙の浮かんだその目と視線が交わって──俺は床を蹴り付け、男に体当たりをぶちかました。

「人の幼馴染みに何やってんだ、テメェ！」

「うがっ……⁉」

男はあっけなく地面に転がった。うつ伏せで倒れたところに腕を固め、その背中に乗って全体重をかける。男は口汚く罵って暴れるものの、拘束はびくともしなかった。武道を習ってよかった。

突然の乱闘に客たちはざわつき、店員が血相を変えて現れる。

「お、お客様！　どうされましたか……!?」

「こいつ盗撮犯です。警備員と警察を呼んでください」

「へ……?」

男のスーツを漁り、スマホを取り出して証拠を確保する。

それを店員に投げ渡せば男はますます血相を変えた。

「ち、違う！　俺はそんなことしていない！　返せ！」

「おう、だったら警察の前で証言してくれや。昨日のお姉さんの件は通報済みだし……データを確認してもらえば一発で分かるだろうからな」

「ぐっ……う」

俺が横柄にそう言うと、男は観念したのかがっくりとうなだれた。

そのころになってようやく警備員が何人も現れて――俺は小春とともに、ショッピングモールの事務所へと連れられた。昨日に続きハプニングの連続だ。

◇

モールの人に事情を説明して、警察にも『またおまえらか』という顔をされて。

俺たちが解放されたのはそれから一時間後のことだった。

そのころにはすっかり日も暮れて、空には茜色(あかねいろ)と藍色が入り交じっていた。等間隔に灯(とも)された街灯が、帰路を急ぐ人たちを照らしている。

そんな大通りのベンチに、俺たちは並んで座っていた。

「大丈夫か？」

「うん……」

小春は青い顔でうつむいたままだ。

あのあと聞いたところによると、俺と別れてすぐ何の因果か昨日捕り逃した盗撮犯とばったり遭遇してしまったらしい。相手は通報されたことを逆恨みしており、それで因縁を付けてきたのが、ちょうど俺が異変に気付いたタイミングだった。

相手は激高しているし、大の大人だしで、小春にはどうすることもできなかった。

幸い数々の証拠が決定打となり、犯人はちゃんとお縄になった。めでたしめでたし……で済ませるには、小春の傷は深かった。

小春はぎこちない笑みを浮かべて、俺のことをそっと窺(うかが)う。

「ちょっと怖かったけど……すぐに助けに来てくれてありがとね、良太くん」

「いや、そもそも俺がそばを離れなきゃよかった話だし……」

俺はもごもごと言葉を濁すしかなかった。

小春の顔色は浮かないままで、いつもの小悪魔はどこにもいない。

こんなに弱った小春は初めて見る。なんでも見通す恐怖の閻魔大王が、急に小さくしぼんでしまって正体が仔猫だったと判明したような……そんな心地だった。

小春は小さくため息をこぼす。

「ダメだなあ……私。良太くんの前では、余裕な私でいたかったのに。情けないところを見られちゃった」

「はあ？　なんでカッコ付ける必要があるんだよ」

「だって良太くん、ヒーローな私が好きなんでしょ？」

ちらっと見上げてくる目には、見透かしたような光が宿っていた。

「あの遭難事件から『小春みたいなヒーローになるんだ』って柔道も始めたし、前以上に私のことが好きになったみたいだったし。だから良太くんがもっと私を好きになるように、余裕の強者キャラを演じてたのに……化けの皮が剝がれちゃったよ」

「小春……」

アイス屋で小春の言っていた言葉を思い出す。

『いくら心が読めたって、私は普通の女の子なんだよ？』

あれは小春の本音だったのかもしれない。

だとしたら小春は大きな間違いを犯している。

俺は膝の上で握られた小春の手をそっと握った。

冷え切った手はわずかに震えていたが、しばらくすると俺の体温が移ったのか温もりを取り戻していった。小春の手がすっかりポカポカして、こっちの手を握り返してきたのをきっかけに、俺は静かに口を開く。

まっすぐに小春の目を見つめて――。

「俺は別に、おまえが何であってもかまわないぞ」

「へ」

「たしかに俺が感謝しているのはヒーローのおまえだけど……ヒーローでも大魔王でも、ただの女の子でも、それを全部ひっくるめておまえだろ」

幼稚園のときのお姫様みたいだった小春。

小学生のときに俺の命を助けてくれた小春。

今のクソ小生意気な大魔王の小春。

人生の大半をともに過ごしてきた幼馴染みは、どんなときでも俺の大好きな女の子だ。

「俺はどんなおまえでも大好きだ。だから、その……そんなに落ち込むなよ」

「良太くん……」

小春はしばしぽかんとして言葉をなくしていた。

やがてゆっくりその顔に浮かぶのは――いつも通りの小悪魔めいた笑みだ。

「脈がないと思ってる女子に堂々と告白するなんて、すごい度胸だね？」

「うるせえ。おまえには全部筒抜けなんだから今更だろ」

俺がどれだけ首ったけなのか小春にはお見通しだ。

だったら取り繕うのもムダというものだった。

俺はふんっと鼻を鳴らして恥ずかしいセリフを並べ立てる。

「好きな女を守りたいって思って悪いか。これからも何かあったら俺を頼れよな、そのために鍛えてるんだから」

「ふふ。それなら、これからも助手として使ってあげようじゃない」

小春はすっかりいつもの調子を取り戻したようだった。

ベンチから腰を上げ、にっこりと笑う。

「ありがと。ちょっと元気も出たことだし……そろそろ行こっか。お父さんたちが迎えに来てくれるっていうからね」

「へいへい。分かったよ」

小春は俺に背を向けて、軽い足取りで歩き出す。

俺の決死の告白なんて、まるでなかったかのような後ろ姿だ。

オーバーな反応が欲しかったわけではないが……さすがにすこしショックだった。

（やっぱりこいつ、俺のことなんて何とも思ってないんだなあ……うん？）

しかし、そこでふと気付くことがあった。

俺は慌てて立ち上がり、小春のことを駆け足で追いかける。

そうしてその背中におずおずと声を掛けるのだが——。

「なあ。ちょっといいか、小春」

「うん？　なあに？」

「いやその……」

すこしだけ言いよどんでから、その耳元でぼそっと告げる。

「耳まで真っ赤だぞ、おまえ」

「っ……⁉」

その瞬間、小春はバッと俺から飛び退いた。

こちらに向けられた顔は、街灯の明かりのもとで言い訳しようもない真っ赤に染まっている。

涙目だし、しばらく待ってもあうあう言うばかりで憎まれ口のひとつも飛び出さない。

まさに追い詰められた小動物状態だ。

こんな小春も初めて見る。

俺はもう一つの疑問を口にした。

「ひょっとして……さっきの俺の告白、けっこう効いたのか？」

「そ、そんなことないし！」

小春は裏返った声で叫ぶ。

そのまま澄ました顔を作るのだが、顔の赤みは引かないままだし、かなり無理して引きつっているのが丸分かりだった。それでも小春は必死に取り繕う。

「良太くんが私のことを好きなのは分かってたけど、珍しくド直球の言葉できたからビックリしただけだよ。あれくらいで私を落とせるなんて思わないことだね」

「そっかそっか」

俺はうんうんうなずいて、ニタリと笑う。

「なら、これからは毎日ああやって『大好き』だって言い続けるな」

「なんで⁉　うわ、しかもこのひと本気だし……！」

いつもの読心スキルで俺の覚悟は伝わったらしい。

冷や汗を掻いてたじろぐ小春の手を取って見つめれば、ますます泣きそうな顔になる。

いつもと形勢逆転だった。

その高揚感で、やけにすらすらと口が滑った。

「だって、あれくらいじゃ小春は落とせないんだろ？　なら、俺を好きになってくれるまで何度でもチャレンジするしかないじゃんか」

「い、いやでも毎日言われたら、さすがにそのうち慣れると思うんだけど……」

「だったら『今日も可愛いな』とか『その髪型、似合ってるぞ』なんかも織り交ぜていこうかな」

「かっ、かわ……⁉」

小春の頭からぽふっと湯気が立つ。

真っ赤な顔で立ち尽くす小春に、俺はとどめとばかりににっこり告げた。

「そういうわけで、これから毎日ぐいぐいいく。いいよな？」

「ダメに決まってるでしょ！　そんなことされたら身が持たないし……私にだって心の準備ってものがあるんだからね⁉」

小春は俺の手をばしっと振り払い、そっぽを向いて早足で歩き出す。

態度こそつれないものの……その背中から伝わる想い（おも）は、特別な能力のない俺にだって分かった。

（脈なしどころか、大本命じゃん……！）

俺はまた小春の背中を追いかける。

顔がだらしなく緩（ゆる）むのを感じつつも、自制が利（き）かなかった。

声を弾ませて俺は軽く尋ねてみる。

「なああなあ、小春。小春って俺のこと……好きだったりするのか？」

「はあー⁉　だからずーーーっと言ってるでしょ⁉」

小春は真っ赤な顔でブチギレて、びしっと人差し指を向けてくる。

「大好きじゃなかったら、あんなにべったりしてません！」

暮れていく街中に、その惚気(のろけ)めいた怒声はやけに大きく響き渡った。

そんな俺たちへと――。

「やっぱり内面は小雪に似たのかなあ」

「いいえ。あの面倒臭さは直哉くん由来よ」

「仲いいよねえ、おねえちゃんたち」

いつの間にかやって来ていた直哉さんたちが、やけに温かい目を向けていた。

あとがき

どうもこんにちは。作者のさめです。

このたびは毒舌クーデレ六巻をお買い上げいただきましてありがとうございます。

前回の五巻が昨年の十二月だったので、少し間が空いてしまいましたが……なんとか無事にお届けできたのでホッとしております。

五巻のあとがきにも書きましたが、このお話は春から冬まで季節一周分書くのが目標でした。目標達成できただけでなく、こうして六巻という番外編も書くことができたので感無量です。おまけに次世代のお話も書けたため、野望完全達成です。いえい。

両親の個性を受け継いだハイブリッドな小春（こはる）と、そんな彼女にたまーに反撃する良太（りょうた）のふたりは、たぶんこの調子でイチャイチャし続けると思います。

ここまで書ききることができたのは、編集の皆さまやふーみ先生、読者の皆さんのおかげです。感謝してもしきれません。

特にふーみ先生には毎回素敵なイラストを描き下ろしていただきまして、五体投地あるのみです。六巻の表紙がめちゃくちゃよすぎて語彙力（ごいりょく）が死にました。

ラフの時点で最高なのは分かっておりましたが、優しい目の直哉（なおや）と、これまでの表紙絵で一番の笑顔を見せてくれる小雪（こゆき）が最高すぎます。先生が去年の冬コミで出されたイラスト集も家宝にしております。もはやただのファンです。

そんなわけで小雪と直哉の物語を完結することができて、本当に嬉しいです。本作はこれにて最終刊となりますが、少しでも皆さんに楽しんでいただけたのでしたら光栄です。

松元こみかん先生によるコミカライズも、ちょうど二巻が発売中です。

コミカライズ版もこれにて完結ではありますが、ちょうど原作一巻までの内容が収録されているのでキリよく楽しめます。

松元先生が多彩な表情で魅せてくださった小雪を、ぜひぜひご堪能ください。メインふたり以外のキャラクターも表情豊かに描いていただけて、いつも脳内で描いていた賑やかな世界を絵という形で見せていただけて嬉しかったです。毎回更新を楽しみにしていたので終わってしまったのは残念ですが、今後とも松元先生のご活躍を応援しております！

本当に多くの方に支えられて、ここまで書くことができました。

この本に関わってくださったすべての方に謝辞を述べ、結びとさせていただきます。

また次の作品をお届けできるよう精進いたします。

その際はよろしくお願いいたします。それではさめでした。

ファンレター、作品の
ご感想をお待ちしています

〈あて先〉

〒106－0032
東京都港区六本木2－4－5
SBクリエイティブ（株）
GA文庫編集部 気付

「ふか田さめたろう先生」係
「ふーみ先生」係

**本書に関するご意見・ご感想は
右の QR コードよりお寄せください。**

※アクセスの際や登録時に発生する通信費等はご負担ください。

https://ga.sbcr.jp/

やたらと察しのいい俺は、毒舌クーデレ美少女の小さなデレも見逃さずにぐいぐいいく 6

発　行　　2022年6月30日　初版第一刷発行
著　者　　ふか田さめたろう
発行人　　小川　淳

発行所　　SBクリエイティブ株式会社
〒106－0032
東京都港区六本木2－4－5
電話　03－5549－1201
03－5549－1167（編集）

装　丁　　AFTERGLOW

印刷・製本　中央精版印刷株式会社

ISBN978-4-8156-1354-9
Printed in Japan　　GA文庫